SA PROMISE VIERGE

PROGRAMME DES ÉPOUSES
INTERSTELLAIRES: LES VIERGES - 4

GRACE GOODWIN

BULLETIN FRANÇAISE

REJOIGNEZ MA LISTE DE CONTACTS POUR ÊTRE DANS LES
PREMIERS A CONNAÎTRE LES NOUVELLES SORTIES, OBTENIR
DES TARIFS PREFERENTIELS ET DES EXTRAITS

http://gracegoodwin.com/bulletin-francais/

LE TEST DES MARIÉES

PROGRAMME DES ÉPOUSES INTERSTELLAIRES

VOTRE compagnon n'est pas loin. Faites le test aujourd'hui et découvrez votre partenaire idéal. Êtes-vous prête pour un (ou deux) compagnons extraterrestres sexy ?

PARTICIPEZ DÈS MAINTENANT !

programmedesepousesinterstellaires.com

1

*K*atie, *La Pierre Angulaire, Planète Everis*

Des heures à me préparer. Des jours à le séduire. À flirter et à battre des cils en faisant comme si mon âme était aussi pure que mon corps vierge.

Tout ça pour rien. Ma sublime robe de bal était en boule sur la moquette moelleuse de ma chambre, deux étages plus bas. Les heures que j'avais passées à me faire coiffer et maquiller n'avaient abouties qu'à une énorme déception. Bryn m'avait accompagnée au bal, m'avait dit que j'étais magnifique, avait dansé avec moi. M'avait prise dans ses bras. M'avait torturée avec son corps, son odeur, la chaleur qu'il avait laissée transparaître dans son regard lorsqu'il croyait que je ne l'observais pas. Mais au moment de passer à l'étape suivante ? Rien.

Encore une fois.

— Quelle sale tête de mule.

Mes mots étaient à peine plus qu'un murmure, mais je n'aurais pas pu y injecter plus de sincérité si je les avais hurlés depuis le sommet de l'Everest. Le Chasseur d'Élite Bryn, d'Everis, était *à moi*, même s'il n'était pas prêt à l'admettre. J'avais partagé des rêves avec lui. Les marques de nos paumes brûlaient dès que nous nous approchions l'un de l'autre. Quelle preuve supplémentaire lui fallait-il ?

J'admirais l'homme qui dormait à poings fermés dans son lit à seulement quelques mètres de là. Oui, c'était de la folie de me trouver dans sa chambre — pire encore, de parcourir l'étage des hommes non accouplés en chemise de nuit. C'était quoi, le dicton ? Aux grands maux, les grands remèdes. Mes maux étaient grands. Mon excitation aussi.

Je laissai glisser les fines bretelles de ma chemise de nuit sur mes épaules et sans bruit, laissai tomber l'étoffe par terre afin de me retrouver toute nue à la lueur des deux lunes. Elles étaient superbes, l'une était un petit disque argenté dans le ciel qui servait de colonie pénitentiaire. L'autre était d'un vert très pâle, une couleur causée par les nombreuses exploitations agricoles situées à sa surface. Les deux astres luisaient, leur lumière sur le visage de Bryn le rendant trop beau pour être vrai.

Délicat. Mystique. Je n'étais pas du genre romantique, mais alors que je regardais sa silhouette endormie animée par les pleins et les déliés des ombres du clair de lune, il semblait tout droit sorti d'une légende. Un vampire. Un dieu.

Trop parfait pour être réel.

Je m'étais glissée en douce dans sa chambre, des heures après la fin du bal. Les danses étaient finies.

Les rêves ?

Finis.

J'en avais assez de tenter de le séduire dans les rêves que nous partagions. Je ne voulais pas de rêves. Je voulais la réalité. Je voulais le toucher, le goûter, le sentir.

Je m'approchai du bord du lit sur la pointe des pieds, et j'admirai Bryn, l'homme qui m'inspirait tant de désir. Qui faisait pulser la marque sur ma paume.

Il m'avait donné un chaste baiser après le bal, m'avait accompagnée jusqu'à l'appartement que je partageais avec deux autres Épouses, Lexi et Dani, puis m'avait ordonné d'aller me coucher. Ordonné ! Comme si j'allais me montrer docile et obéissante alors que tout ce que je voulais, c'était être avec lui. Sous lui. Peut-être que dans cette situation, je le laisserais commander. Mes tétons pointèrent, soit à cause de l'air froid de la pièce silencieuse soit à cause de ce que je venais d'imaginer, un Bryn autoritaire au lit.

J'avais ignoré ses ordres. Je ne m'étais pas couchée. Je ne voulais pas rêver. Même dans nos rêves il était implacable et refusait de me toucher. Nous avions partagé nos rêves depuis que j'avais été téléportée sur Everis. Notre lien était fort, tout autant que celui de mon amie Lexi et de son Compagnon Marqué, Von.

Mais Von se comportait comme un compagnon, lui. Il touchait Lexi. L'embrassait. Lui donnait du plaisir et lui donnait l'impression qu'elle était exceptionnelle, désirable, séduisante. Les virginités de Lexi étaient en train d'être prises les unes après les autres selon les coutumes sacrées des Everiens, comme l'Officière Treva l'avait décrit aux Épouses Interstellaires à leur arrivée sur le site sacré connu sous le nom de Pierre Angulaire. Là où les nouvelles Épouses issues du Programme des Épouses Interstellaires étaient logées et protégées jusqu'à ce qu'elles acceptent la revendication de leurs compagnons.

Un Chasseur, un extraterrestre sexy comme pas possible, était censé me trouver, me séduire, et revendiquer mon corps selon l'ordre sacré des trois revendications. Il était censé être si attiré par moi qu'il n'aurait pas le choix, qu'il aurait *besoin* de me toucher. D'abord, il revendiquerait ma bouche. Puis mes fesses. Et, quand j'accepterais de devenir sienne pour toujours, il revendiquerait mon sexe, m'emplirait de sa semence. À cette idée, mes parois internes se contractèrent. Je mourais de désir pour lui depuis notre premier rêve partagé, mais il me faisait attendre.

Quel sale entêté.

Personne ne m'avait encore jamais désirée à ce point. De la façon dont Von désirait Lexi — non, dont il avait besoin d'elle. De la façon dont les Everiens étaient censés désirer leurs compagnes. Quand je voyais Von regarder mon amie, mon cœur se serrait tant je voulais que Bryn m'admire ainsi. En fait, personne n'avait jamais vraiment voulu de moi. Pas mes parents, qui avaient toujours été plus intéressés par leur prochaine dose ou leur prochaine bringue plutôt que par les deux enfants qu'ils avaient mis au monde. Pas mon frère, qui avait trouvé sa véritable famille dans son gang de motards et qui était mort pour eux l'an dernier sur une route déserte très loin de chez lui. Une vente de drogue qui aurait mal tourné, selon les flics. Ni mon loser d'ex-copain, qui ne s'intéressait à moi que pour mes talents de crocheteuse de serrures et de voleuse de voitures. Pas la ribambelle de familles d'accueil qui n'avaient vu en moi qu'une adolescente insolente et qui avaient compté les jours en attendant que mon assistante sociale me trouve un autre endroit où vivre.

J'avais laissé tout ça derrière moi. Mon passé était mort et enterré, à des années-lumière de là. J'étais prête à essayer, pour la dernière fois, de faire confiance, d'ouvrir mon cœur et de tenter ma chance. Cette décision avait été douloureuse. Faire confiance, c'était difficile. Heureusement, avec Lexi et Dani, des Épouses Interstellaires devenues mes nouvelles meilleures amies, le risque avait largement valu la chandelle. J'avais des amies, à présent. De véritables amies. Et ça avait été facile. Elles étaient gentilles, me ressemblaient, avaient été toutes les deux nerveuses à l'idée d'être envoyées sur une autre planète. Vers une nouvelle vie où personne ne saurait rien de moi ou de mon passé. J'allais pouvoir recommencer à zéro. Tenter de m'ouvrir à une relation. Non, à un compagnon.

Mais avec Bryn ? Si nous partagions des rêves et que ma marque s'enflammait dès que nous étions à proximité, cela signifiait que nous étions des Compagnons Marqués. Cela m'avait donné un petit coup de pouce, m'avait donné l'envie de mettre mon cœur en jeu avec lui.

Mais non. Il l'avait laissé battre, mais en sang. Pourquoi ? Pourquoi se comportait-il comme un sale... con entêté ? J'avais envie de le détester. J'aurais voulu pouvoir hausser les épaules et passer à autre chose. Mais j'avais beau faire la leçon à ce stupide organe, mon cœur refusait de m'écouter.

À moi. C'étaient les seuls mots qui me traversaient l'esprit quand je regardais Bryn. Je n'avais pas cru ce que nous avait dit l'Officière Treva. Au début. Mais le premier rêve que j'avais partagé avec lui avait tout changé. Comme si l'on avait appuyé sur un interrupteur, je m'étais soudain résolue à faire de Bryn mon compagnon. Je ne reculais jamais, et je n'allais pas commencer maintenant, même si je devais affronter un extraterrestre gigantesque et baraqué.

S'il essayait de me tenir à distance — beaucoup trop loin de son membre énorme —, j'étais bien décidée à le faire changer d'avis. Il me suffirait d'insister. Il me désirait, je le voyais. Dans ses yeux, dans la bosse de son pantalon d'uniforme. Nous partagions des rêves. Il ressentait forcément la même chose que moi. Alors pourquoi ne me touchait-il pas ? Ne me revendiquait-il pas ? Nous étions des Compagnons Marqués. Une chose qui, d'après tous les habitants de cette planète à la con, était rare et exceptionnelle. Un cadeau du ciel. Un cadeau qu'il *refusait.*

Bryn était à moi, mais ne voulait pas me toucher, malgré le fait que nous partagions des rêves, que nos marques brûlaient, que mon corps s'embrasait pour lui. J'avais pris un énorme risque en venant sur cette planète, en choisissant de devenir une Épouse au lieu de pourrir en prison entre trois à cinq années, tout ça pour me retrouver dans la rue à la fin de ma peine. J'avais pris un risque en écoutant les promesses de la Gardienne Égara, en croyant à un nouveau départ.

Le passé, c'est le passé, Katherine. Vous pouvez devenir celle que vous souhaitez. Recommencer à zéro.

Quel ramassis de conneries. D'accord, Lexi et Dani pensaient que j'étais une fille de la campagne, une fermière originaire de Wooster, dans l'Ohio, une vraie petite sainte, une femme qui allait à l'église tous les dimanches et jouait les bénévoles au refuge pour SDF toutes les semaines. Je m'étais réinventée, et j'avais gardé mes secrets.

Mais Bryn ne voulait pas de moi quand même.

Comme un fantôme, je me glissai sous les draps, me rapprochai de lui. Je craignais que Bryn ne se réveille et me jette hors du lit, mais j'avais figuré dans ses rêves si souvent qu'être proche de lui, ma peau collée à ses muscles chauds, me semblait naturel. Parfait.

Comme s'il avait perçu ma présence, il se colla à moi, m'attirant vers lui lorsque je posai la tête sur sa poitrine. Son odeur érotique et musquée m'enveloppa, et je humai profondément son arôme, le humai *lui.* Je sentais les battements de son cœur, son torse ferme sous ma joue.

Je fermai les yeux et retins mes larmes lorsque je réalisai qu'il n'acceptait de me prendre dans ses bras que dans son sommeil. Notre lien était réel. Je le percevais de tout mon corps. Réel, oui, mais il ne serait pas éternel, puisqu'il refusait de me revendiquer. Et j'étais prête à tout ou presque pour changer cela, pour lui forcer la main, pour découvrir la vérité. Mon compagnon avait des secrets. C'était forcément pour cela qu'il ne cessait de me repousser. Foutus secrets. Des secrets qui nous tenaient éloignés.

J'en avais assez de ces conneries. S'il ne me revendiquait pas, alors c'est moi qui le ferais. C'était dans ce but que je me trouvais là, complètement nue. Pour prendre les choses en main. Non, pour prendre son membre en mains. Pour sentir à quel point il était long, chaud et dur. Pour le caresser, puis le prendre en bouche. Je n'avais aucune idée de ce que je faisais, mais j'allais le faire, quitte à tâtonner.

Je déposai un chemin de baiser sur son torse, ses poils bruns doux et bouclés sous mes lèvres. Je fis descendre le drap en même temps que ma bouche, et il gémit dans son sommeil, ses mains emmêlées dans mes cheveux. L'Officière Treva m'avait révélé que le Chasseur pénétrerait d'abord ma bouche pour entamer le processus de revendication, qu'il glisserait profondément son sexe dans ma gorge pour me marquer avant de me toucher ailleurs.

Si Bryn refusait de me donner ce que je voulais, il faudrait que je le prenne. Et son membre grandissait de plus en plus sous mes yeux. Même dans la pénombre, je le voyais.

J'avais vu des gens baiser. Ma vie dans la rue ne m'avait pas épargnée. Ces rencontres — leur côté vide de sens — avaient rendu le fait de dire non aux hommes plus facile. Je ne voulais pas d'un petit coup rapide dans une ruelle. Je ne voulais pas me mettre à genoux et donner ce qu'il voulait à n'importe quel type. Et je n'allais certainement pas vendre mon corps pour de la drogue. J'avais vu trop de gens se détruire ainsi, leurs vies éteintes comme une bougie par un ouragan. Oui, il avait été facile de faire semblant, de cacher le fait que j'étais vierge. Aucun homme ne m'avait jamais fait d'effet. Jamais.

Jusqu'à Bryn.

Désormais, j'étais désireuse — et impatiente —de me mettre dans son lit et de le sucer. Pas pour obtenir des faveurs ou de l'argent. Pas pour me sentir mieux sur le coup ou avoir l'impression d'être désirable. Non, c'était mon compagnon, et je le revendiquais. Mais nous ne nous trouvions pas sur Terre. Nous étions sur Everis, et si je voulais Bryn j'allais devoir respecter les règles. Si cela impliquait de prendre son énorme érection en bouche, de la lécher comme une glace et de le goûter tout entier, alors je le ferais. J'en avais envie. Au point d'en saliver. J'avais besoin de ça. Mon corps mourait d'envie de découvrir sa saveur, de le sentir contre ma langue, de voir à quel point il m'étirerait la bouche.

Alors je continuai de descendre. Sa peau était chaude et douce, brûlante contre mes lèvres fraîches. Je levai la tête, juste au-dessus de son gland large. Je ne m'étais pas doutée que son érection pointerait directement vers moi, comme si elle savait où elle voulait se trouver. Dans ma bouche.

Avec un sourire coquin, j'écartai les lèvres et le pris en bouche, avalant son énorme membre jusqu'à ce que son gland heurte le fond de ma gorge. J'écarquillai les yeux et gémis face à sa circonférence, face à cette longueur que je ne pouvais plus faire entrer dans ma bouche. Il était réveillé, à présent, la contracture de ses cuisses me donnant l'impression que mes mains étaient posées sur des poutres d'acier. Le poing dans mes cheveux se serra alors qu'il protestait, mais je suçai plus fort, et le mordillai pour lui donner un avertissement. Il était mien, et je ne laisserais pas tomber.

— Katie ? gronda-t-il. Mais qu'est-ce que tu...

Je griffai légèrement ses cuisses avec mes ongles avant de prendre ses bourses en main. Je les fis rouler entre mes doigts alors que je continuais à le caresser avec ma langue. Je ne pouvais qu'espérer que sa phrase inachevée était due à sa surprise et pas à un manque de plaisir. Je creusai les joues et le suçai tout en passant la langue sur sa veine palpitante. Il arrêta de protester, et se servit de la main qu'il avait dans mes cheveux pour me lever et me baisser la tête, pour me baiser la bouche.

Il m'utilisait pour se faire plaisir, et pour la première fois, je me sentis puissante.

— Putain, dit-il les dents serrées.

Oui ! Oui ! Il perdait le contrôle, et se mettait à trembler sous mon corps. Pile comme je l'avais imaginé. C'était exactement ce que je voulais. J'en avais assez de l'attendre pendant qu'il réglait ses problèmes, quels qu'ils soient. Il m'appartenait, et il était temps qu'il l'accepte.

Je le suçai avec force, le sentant gonfler dans ma bouche juste avant que ses muscles se crispent davantage. Il gémit en jouissant. Je l'avalai lorsque son sperme chaud jaillit dans le fond de ma gorge, aspirant chaque goutte de lui, avide.

Avant de terminer, il me souleva et me retourna sur le dos. Je poussai une exclamation face à la facilité avec laquelle il me déplaçait, puis une autre lorsque ses grandes mains se glissèrent entre mes cuisses pour les écarter. Il installa ses hanches entre mes jambes avec un nouveau gémissement.

— Tu n'aurais pas dû faire ça, dit-il en me regardant.

Ses yeux noirs rencontrèrent les miens, et je fus incapable de regretter mon geste. Aucune culpabilité. Je sentais son goût acidulé sur ma langue.

— Quoi ? Te prendre dans ma bouche ?

Je me léchai les lèvres, et il suivit ma langue des yeux.

— Te pousser à revendiquer ma première virginité ? ajoutai-je.

Il grogna alors que ses yeux parcouraient mon corps. Mon ton était dur, je ne reculerais pas.

— Tu m'appartiens, Bryn, dis-je.

J'avais un matelas moelleux dans le dos, et un Chasseur au corps ferme sur le ventre. Il n'était pas le seul à pouvoir se montrer possessif.

— Bon sang. Tu es toute nue.

Il ferma les yeux et posa le front sur mon ventre, comme s'il souffrait.

— Katie, tu ne comprends pas.

Il m'embrassa la peau, encore et encore, m'embrasant jusqu'à ce que je sois bouillante, me poussant à me tortiller sous son corps malgré le fait qu'il me clouait au matelas — il ne bougeait pas.

— Tu crois que je ne te désire pas ? demanda-t-il avant de pousser un gros soupir, son souffle chaud sur ma peau. Tu ne comprends pas. J'essaie de te sauver.

Me sauver ? De quoi ? De l'orgasme ? Je me léchai les lèvres à nouveau, et il plissa les yeux. Je percevais toujours son goût, et mon désir pour lui — déjà déchaîné — devint encore plus fort. Il avait joui, mais moi non.

J'écartai davantage les jambes, en espérant qu'il sentirait l'odeur de mon désir. Je savais que je mouillais, je le sentais sur mes cuisses. Mon sexe était douloureux, il me lançait. Je n'avais jamais été pénétrée. J'étais vierge. Mais je le voulais en moi, profondément, voulait qu'il m'étire, qu'il m'emplisse pour la première fois. De ses doigts. De sa langue. De son membre énorme, même si je me demandais comment il arriverait à le faire entrer.

— Bryn. Je t'en prie.

C'était la première fois de ma vie que je suppliais quelqu'un. La première fois que je laissais un tel contrôle sur mes émotions à quelqu'un. Jusqu'à aujourd'hui. Jusqu'à lui.

Avec un nouveau grognement, il descendit le long de

mon corps jusqu'à ce que sa bouche se retrouve au-dessus de mon clitoris. Il marqua une pause et leva les yeux vers moi, son visage bien visible au clair de lune. Le voir entre mes cuisses écartées était sexy au possible. Son souffle sur ma chair impatiente aussi.

— Oh, je vais te donner du plaisir. Mais tu es sûre que c'est ce que tu veux ? Je ne peux pas te revendiquer, Katie. Pas encore. C'est tout ce que je peux te donner.

— Pourquoi ?

Cette question m'arracha presque le cœur de la poitrine, mais il fallait que je comprenne.

Ses lèvres douces s'attardèrent sur la peau délicate de ma hanche. Ses mains me caressèrent les flancs, traçant les contours de mes formes comme si j'étais une déesse, comme s'il était en adoration devant chaque courbe.

— Je ne peux pas rester ici avec toi. J'ai une dernière mission à accomplir. Je ne suis pas libre de te revendiquer.

Je tentai de comprendre ce qu'il m'expliquait. Une mission ? Il devait partir ? Partir où ? Je formulai ces questions à voix haute.

— Je suis un Chasseur, et les Sept m'ont attribué une nouvelle traque avant notre arrivée sur la Pierre Angulaire. Avant toi. Je ne peux pas dire non, Katie. Il faut que je parte.

Les Sept ? Depuis mon arrivée, j'avais lu beaucoup de choses sur cette planète, avais assisté à des heures de présentations sur la politique, la culture et l'histoire everiennes. Les Sept était le terme qui désignait le Gouvernement, les dirigeants de cette planète. Il y avait soixante-dix-sept sénateurs et soixante-dix-sept juges qui établissaient toutes les lois. Ils étaient menés par un conseil de sept personnes, composé des membres les plus puissants de ces deux corps dirigeants. Leur chef changeait tous les ans, élu par les juges et les sénateurs pour devenir le Prime de la planète, un terme que tous les dirigeants de la Coalition

Interstellaire reconnaissaient et respectaient. Le conseil des sept était tout puissant sur cette planète. Ils étaient comme des dieux sur Everis. Plus puissants que n'importe quel président ou roi terrien, car Everis régnait sur plusieurs systèmes solaires.

Leurs Chasseurs étaient les assassins et les chasseurs de prime les plus craints et respectés de toute la Coalition Interstellaire, qui comptait plus de deux cents mondes. On les envoyait mener les missions les plus périlleuses. En reconnaissance. Pour sauver des otages. Pour traquer des criminels échappés. C'étaient les agents spéciaux de l'espace, apparemment dotés d'un don inné pour la traque. Le bras armé discret et redoutable de la Flotte de la Coalition Interstellaire.

Et mon compagnon, Bryn, l'extraterrestre parfait qui me regardait, installé entre mes cuisses, avait été sélectionné parmi les autres Chasseurs de la planète par les Sept ? Il devait vraiment être redoutable. Je savais qu'il était rapide, fort, sans peur. Il marchait comme un homme qui savait comment prendre soin de lui-même, un homme que personne n'oserait menacer. Je reconnaissais cette allure, cette puissance. Je l'avais déjà vue sur Terre, dans la rue. Pour être tout à fait honnête, cela me faisait mouiller. Il était dangereux, mais je l'étais aussi. Et son côté moins traditionnel me le faisait désirer encore plus qu'avant.

Mais je ne me trouvais pas dans mon ancien quartier de Cleveland. Je me trouvais dans l'espace. Et c'était cette mission débile qui l'obligeait à se retenir ? Quel homme dirait non à une femme si excitée ? La réponse était simple.

Bryn. Seulement Bryn. Il avait beau être impitoyable et redoutable, il était également beaucoup trop honorable.

— Où iras-tu ?

Je regardai sa mâchoire se contracter alors qu'il grinçait presque des dents.

— Sur Hypérion. Cette planète ne fait pas partie de la Coalition. Sa population est sauvage et criminelle. Sa lune lointaine, Rogue 5, est encore pire.

— Et c'est là que tu dois te rendre ? Sur Rogue 5 ?

— Oui.

Je réfléchis. Très bien. Il pouvait partir en mission, mais rien ne l'empêchait de rentrer auprès de sa compagne.

— Tu seras parti combien de temps ?

— Je ne sais pas.

Il m'embrassa l'intérieur de la cuisse, et je me tortillai en prenant une inspiration tremblante.

— Pourquoi est-ce que tu dois partir ?

Je me demandais ce qu'il pouvait me révéler. Everis avait-elle un système d'habilitations pour avoir accès à certaines informations top secrètes, comme sur Terre ? Était-il une espèce d'équivalent d'agent de la CIA extraterrestre qui devait dire au revoir et monter dans un avion pour l'Asie alors que sa femme était persuadée qu'il se rendait en week-end à Tulsa pour affaires ? Bryn allait-il me mentir ?

Converser avec lui alors qu'il était entre mes cuisses écartées était étrange, mais il fallait que je sache. Lorsqu'il frotta le nez contre mon clitoris, et que sa langue vint goûter furtivement ma chaleur mouillée, je plantai les ongles dans ses épaules.

— Bryn.

Son nom était une imploration. Il avait dû comprendre, car il baissa la tête une nouvelle fois pour lécher et sucer mon bouton sensible jusqu'à ce que je cambre le dos sur le lit.

Encore. Seigneur, il m'en fallait plus. Je voulais qu'il m'emplisse. J'étais tellement vide.

— Est-ce que quelqu'un t'a déjà fait ça ? me demanda-t-il entre deux coups de langue.

— Non, haletai-je.

Je ne pouvais pas me rendre, pas encore. Il me parlait, me disait la vérité, mais tentait visiblement de me distraire en me léchant. J'avais eu envie qu'il le fasse, mais j'avais besoin de réponses, presque autant que j'avais besoin de sa bouche sur moi.

— Qu'est-ce que Rogue 5 a de si terrible ?

Bryn roula légèrement sur le flanc, son corps appuyé contre l'une de mes cuisses. Il m'écarta l'autre, m'exposant complètement, faisant en sorte que les replis de mon sexe s'ouvrent, l'air froid de la chambre contrastant avec la chaleur de son regard.

Il glissa lentement la main vers mon intimité ouverte. Il ne me maintenait plus la jambe, mais je ne bougeai pas. Je voulais qu'il atteigne sa destination. Je voulais qu'il me touche.

Ses doigts jouèrent avec mes petites lèvres, allant et venant entre les replis mouillés, explorant mon corps comme s'il le cartographiait. Son majeur caressa mon clitoris avec lenteur, avant de redescendre pour me titiller. Encore et encore. Sans jamais me pénétrer avec ses doigts... ou sa langue.

— Bryn !

— Il y a environ quatre siècles, un vaisseau de la Coalition s'est écrasé sur Hypérion. La planète se situe au sein d'une ceinture d'astéroïdes, et un quasar se trouve aux abords de leur système solaire. Il interfère avec les communications, alors personne ne savait qu'ils étaient là. Même la Ruche, qui les avait attaqués, croyait qu'ils avaient péri.

— Mais ils avaient survécu ?

Une guerre. Un vaisseau écrasé. Ces extraterrestres avaient survécu, de toute évidence. Mais ce ne serait pas mon cas s'il continuait de me titiller ainsi. Je levai les hanches pour l'inviter, mais il se contenta de me sourire. Il me regarda droit dans les yeux et étala mes propres fluides sur mon clitoris, avec force, puis douceur, force, puis douceur, me faisant haleter. Je tentai de bouger à nouveau, mais son poids sur ma cuisse me maintenait clouée au lit.

Je n'avais pas assez de marge de manœuvre pour m'empaler sur ses doigts baladeurs. Mince.

Son sourire valait le coup de souffrir. Je n'avais encore jamais vu cette expression sur son visage, et je me figeai sous lui alors qu'il répondait à ma question.

— Oui, il y avait, d'après les estimations, plus d'une centaine de survivants, mais leur vaisseau était trop endommagé pour retourner dans l'espace. Ils sont restés sur la planète. Se sont accouplés avec les autochtones. Avec le temps, ils ont évolué, en se servant des connaissances de leurs ancêtres pour construire de nouveaux vaisseaux. Leurs descendants sont retournés dans l'espace. Ils ont construit une station spatiale sur leur lune, Rogue 5. Elle a été nommée en l'honneur de cinq officiers ayant survécu au crash. Ce sont des légendes sur Hypérion, ces cinq-là. Ils ont soudé tout le monde, ont assuré leur survie, et les cinq légions dirigeantes existent toujours.

— Comment ont-ils réussi à construire des vaisseaux spatiaux et des stations lunaires ? Tu as dit qu'ils étaient sauvages.

Je levai les hanches, mais cela ne servait à rien. J'aurais eu bien besoin d'un peu de sauvagerie, en cet instant. Je me fichais des règles débiles de Bryn, ou de l'ordre sacré des trois virginités. Je voulais qu'il roule sur moi et qu'il enfonce son sexe en moi, profondément. Je voulais le sentir en moi. Qu'il me prenne avec force. Qu'il me revendique. Je voulais cette douleur mêlée de plaisir. Cet entre-deux était une torture. Il était à moi, sans l'être tout à fait. Et c'était complètement injuste. J'étais nue, mouillée et prête pour lui, et il continuait de refuser de me baiser. Y avait-il un équivalent féminin aux couilles bleues ?

— Ce sont des animaux, répondit-il.

Il eut un petit rire et bougea pour prendre l'un de mes tétons en bouche. Une décharge me fonça droit vers le clitoris, et je gémis, les mains enfoncées dans ses cheveux pour le serrer contre moi. Je voulais des réponses... mais j'avais *besoin* de lui.

— Ils mordent leurs compagnes à la jonction entre l'épaule et le cou, comme des bêtes primitives, et leur injectent un venin qui déclenche des chaleurs chez la femme.

— Quoi ?

Des morsures ? Du venin ? Des chaleurs ? C'était étrange, mais cela ne me semblait pas dangereux. Je le lui dis.

Bryn me pinça le clitoris — sans aucune douceur —, et je gémis.

— Ce sont des criminels, Katie. Impitoyables. Redoutables. Ce sont des contrebandiers et des voleurs, qui font commerce de tout ce qu'ils arrivent à récupérer, et qui ne suivent que leurs propres règles. Ils exigent une loyauté absolue de la part de leurs soldats, et la moindre trahison est punie de mort. Leurs dirigeants accèdent à leurs postes par le meurtre. Pour mener les autres, ils doivent se débarrasser de tous leurs opposants.

— Seigneur, Bryn. Est-ce que tu essaies de m'achever ?

Mon front était couvert d'une pellicule de sueur, mon corps sur le point de bouillir. Il me suça le téton. Fort. En mordit le bout juste assez fort pour m'arracher un cri. Son doigt continuait de me caresser le clitoris.

— C'est toi qui me poses des questions, dit-il.

— Plus un mot.

Il éclata de rire, et ses lèvres descendirent, descendirent... Oui !

Les habitants de Rogue 5 ressemblaient aux membres

d'un gang de motards ou de la mafia, à mon avis. Des brigands avec un code d'honneur. La loyauté par-dessus tout. La moindre entorse aux règles... et c'était la mort. Ils ne me faisaient pas peur, je les comprenais. J'avais grandi parmi eux. Mon frère était mort gangster. Même moi, j'étais des leurs. Sauf que nous ne nous mordions pas le cou. C'était quoi, des vampires ? Cette idée était folle, et je n'avais pas envie d'y réfléchir pour l'instant. Je ne voulais penser à rien, là.

Il passa le pouce sur ma peau d'un air absent.

— Je ne veux pas te laisser, murmura-t-il.

Il prit une grande inspiration, comme s'il voulait se noyer dans l'odeur de mon excitation. Comme s'il était en proie à une torture.

— J'ai *envie* de rester ici, entre tes cuisses. Je ne m'étais pas attendu à... toi. Je ne m'étais pas attendu à avoir une compagne. Une Compagne Marquée.

Ses mots me submergèrent, une douleur pesante se répandit dans ma poitrine. Je n'arrivais plus à respirer.

— Bryn.

— Mais je ne peux pas te revendiquer, Katie. Je dois partir. C'est mon devoir envers mon peuple. Et envers toi.

— Passons une nuit de folie. Baise-moi, revendique-moi. Puis, vas-y. Accomplis ta mission et reviens auprès de moi. On t'attendra, moi et ma chatte impatiente.

Ses yeux s'assombrirent en entendant mes mots. Il secoua la tête.

— Le risque est trop grand. Je ne peux pas te revendiquer. Les deux derniers Chasseurs envoyés sur Rogue 5 ne sont jamais revenus.

Je fronçai les sourcils.

— Mais toi, tu reviendras.

Il serra la mâchoire et détourna les yeux. Je compris. Mon cœur rata un battement, et je tendis les mains vers lui pour caresser ses cheveux bruns. Pour sentir ses mèches soyeuses glisser entre mes doigts.

— Tu ne penses pas revenir. Tu crois que c'est une mission suicide ?

Il refusait de me regarder. De me montrer ses doutes et sa peur. Je le connaissais, je savais quel genre d'homme il était, en tout cas assez pour savoir cela.

— C'est possible. Je ne veux pas te faire endurer ça. Perdre un Compagnon Marqué après la revendication est très douloureux. L'âme est déchirée. Je ne veux pas te faire ça. Te laisser comme ça.

C'est pour cette raison qu'il m'avait repoussée. Avait refusé mes avances.

Les yeux fermés, je savourai sa proximité, ses mains sur mes côtes et ma taille. Je doutais qu'il soit conscient du fait qu'il me touchait avec tant de révérence. S'il partait demain, regretterais-je de m'être fait ce plaisir ? Non. Impossible. J'en voulais plus. Il m'en fallait plus. Je voulais qu'il me donne tout ce qu'il pouvait. Parce qu'il avait beau freiner des quatre fers, il était à moi, aussi longtemps que je l'aurais. Et si cela voulait dire que nous n'avions qu'une nuit...

— Touche-moi, dis-je, pleine de désir. Bryn, je t'en prie.

Je me fichais qu'il me baise tout de suite ou plus tard. Aujourd'hui ou demain. Cela ne faisait aucune différence. Il tenterait peut-être de me quitter, mais il survivrait. Je m'en assurerais. Il était à moi, et je ferais tout ce qui était en mon pouvoir pour qu'il me revienne. C'était la seule chose qui importait. J'avais rêvé d'avoir quelqu'un à moi pendant si longtemps. Et voilà qu'il était entre mes cuisses et que je ne pouvais pas l'avoir. Si, je l'aurais.

Je le regardai, en proie à une lutte intérieure, mais il grogna et me prit les fesses dans les mains, puis baissa la tête.

— Bryn, m'écriai-je lorsqu'il trouva mon clitoris avec sa langue.

Lentement, si lentement que je crus mourir, il glissa un doigt en moi, caressant le point sensible qui s'y trouvait alors qu'il suçait et caressait mon clitoris avec ses lèvres et sa langue.

Je posai les mains sur ma poitrine et jouai avec mes tétons, tout en imaginant que c'était sa bouche qui s'y trouvait.

Avec un grognement, il descendit davantage et me souleva les jambes. Il envahit mon sexe avec sa bouche, me pénétrant avec sa langue alors que son pouce caressait son clitoris.

Dedans. Dehors. Chaleur mouillée. Sa peau chaude pressée contre l'intérieur de mes cuisses. Son odeur, toute personnelle, m'emplit jusqu'à m'enivrer. Ma paume était en feu, ma marque si brûlante que je refermai la main sur les draps pour tenter de la refroidir.

Je ne pouvais plus penser clairement alors qu'il plongeait sa langue en moi dans un rythme de plus en plus soutenu.

Tout explosa. Le monde devint flou, et je fermai les yeux dans un cri silencieux, tout mon corps vibrant comme une corde de guitare alors qu'un orgasme me parcourait en rugissant.

Lorsque je retrouvai les idées claires, je baissai les yeux et vis qu'il m'observait, son regard concentré et sérieux.

— Jouis encore, m'ordonna-t-il avec passion.

Je n'eus pas le temps de protester, car son attaque sensuelle reprit de plus belle. Il ne me laissa pas le temps de récupérer, sa bouche suçant mon clitoris vite et fort, me caressant avec sa langue.

C'était trop fort. Je plantai mes pieds dans le matelas

pour échapper à cette sensation écrasante, mais il était impitoyable, comme possédé.

Je ne pouvais pas fuir alors qu'il conquérait mon corps. Ses mains étaient fermes, sa langue exigeante. Il n'y avait aucune douceur dans ses gestes, mais ce n'était pas ce que je voulais. J'avais libéré un monstre, et plus il devenait dominant, plus mon corps se soumettait. Son grognement me fit haleter alors que je me trémoussais sur le lit, et il me maintint les cuisses en place pour continuer l'invasion de sa langue.

J'étais sur le fil du rasoir, luttant contre l'orgasme, m'accrochant à ce moment, à lui, à ça.

— Jouis, Katie. Donne-moi ce que je veux.

Que voulait-il ? Je ne comprenais pas, et j'étais trop abasourdie pour réfléchir. Désespérément, je secouai la tête. C'était tout ce que j'avais. Tout ce que je pouvais faire.

Il se mit à genoux, me dominant de sa taille comme un conquérant, et il glissa deux doigts dans mon sexe. Son pouce était posé sur mon clitoris. Il ne bougeait pas. Il me narguait avec son contrôle, sa domination totale.

C'était pour ça que je n'avais jamais trouvé de mec sur Terre. Ce contrôle, ce pouvoir. Cette capacité à savoir exactement ce que je voulais. Mais ce n'était pas étonnant, car nous étions Compagnons Marqués. Il me *connaissait.*

— Jouis. Tout de suite.

Son regard se planta dans le mien, et j'eus l'impression qu'il avait fait détonner un fusible. Mon corps répondit, un orgasme rugissant à travers mon corps alors que mes cris retentissaient dans la pièce, résonnant contre les murs, me rappelant ma position de faiblesse. Mon désir.

Pour lui.

Je perdis le contrôle, et je revins à moi dans son étreinte. Il avait passé les bras autour de ma taille, et me serrait contre lui. J'étais en sécurité. Nous n'échangeâmes pas un mot. Ce n'était pas nécessaire. Nous étions dans une impasse, et le plaisir qu'il m'avait prodigué était tout ce qu'il acceptait de me donner. Alors que je me laissais emporter par le brouillard, j'eus une conviction.

Bryn était à moi. Il ne m'abandonnerait pas pour aller pourchasser je ne sais quel criminel. Il ne m'abandonnerait pas du tout.

ryn, Ceinture d'Astéroïdes d'Hypérion

La vieille navette de transport de la Flotte se balançait sous mes pieds alors que je manœuvrais pour contourner l'astéroïde le plus proche. Il n'y avait qu'une poignée de chemins sûrs à travers la ceinture et ils étaient tous surveillés par les légions qui dirigeaient Rogue 5. Dès que mon vaisseau émergerait de l'autre côté, ils sauraient que j'arrivais.

Mais ils ignoraient qui j'étais et ce que je voulais. La vieille épave que j'avais acquise était une navette typique des contrebandiers. La cale pleine de vin atlan devait faire diversion et cacher les caisses remplies de pistolets à ions. Ces armes qui avaient cinq ans avaient été récupérées après des batailles, et n'étaient pas en très bon état. Mais elles marchaient, et les Sept voulaient la mort de Garvos, quitte à donner quelques dizaines de vieux pistolets à des rebelles ayant accès à des armes dans un bien pire état.

Les pistolets me suffiraient à obtenir l'autorisation d'atterrir. Ils ne valaient pas grand-chose, mais ils feraient l'affaire. Ils suffiraient à m'éviter les soupçons. En tout cas, c'était mon plan.

Les légions de Rogue 5 ne croiraient jamais qu'un contrebandier puisse prendre le risque d'approcher leur lune rien que pour vendre du vin. Mais, ils ne croiraient pas non plus que j'étais un véritable contrebandier si je laissais les armes à la vue de tous. Comme je refusais de donner dans le trafic d'êtres humains, ces vieux pistolets étaient ma seule option.

Les Sept étaient d'accord.

M'infiltrer. Trouver Garvos, l'enfoiré qui avait tué le Conseiller Hervan et sa compagne. Rendre justice. M'exfiltrer.

Facile. Ça aurait dû être simple comme bonjour. Mais les deux derniers Chasseurs envoyés ici n'étaient pas rentrés. Soit ils avaient été capturés, soit ils avaient été tués. Vu les habitants des lieux, je pensais qu'ils étaient morts. Ils ne se seraient pas laissés capturer sans se battre. C'étaient d'excellents Chasseurs. Forts. Intelligents. Efficaces. Et ils n'étaient pas rentrés.

Tout cela aurait dû m'inquiéter, mais la seule chose à laquelle je pouvais penser, c'était à des cheveux noirs et à des yeux bleus, aux bruits de plaisir dans la gorge de Katie alors que sa bouche chaude avalait mon membre douloureux. Et plus tard, à ses cris quand je l'avais prise avec ma bouche. L'odeur de sa chatte mouillée alors qu'elle glissait les doigts dans mes cheveux et disait mon nom. Encore et encore.

Mon *nom*. Elle était mienne. Ma Compagne Marquée. Une bénédiction si rare que le fait que je l'aie trouvée tenait presque du miracle dans mon existence misérable. Et j'avais dû la repousser. La laisser non revendiquée. M'assurer que, si je ne rentrais pas, elle puisse apprendre à en aimer un autre. Ma marque se mit à me lancer, comme si elle était mécontente que je puisse avoir ce genre de pensées.

Les Compagnons Marqués, une fois liés, survivaient rarement à la mort de leur partenaire. Pas à cause d'un phénomène physique, mais parce que perdre sa moitié entraînait souvent la mort de l'âme. Le compagnon survivant perdait tout désir de vivre et s'étiolait, devenant l'ombre de lui-même.

Si j'avais su que Katie existait, les Sept ne m'auraient peut-être pas demandé d'effectuer cette mission. Mais nous avions déjà perdu deux hommes dans la traque de Garvos, des hommes bien. D'excellents traqueurs. Compétents. Des hommes que j'avais formés. Et ils avaient disparu. Envolés sans laisser de trace.

Je n'avais pas pu refuser la requête du Prime lorsqu'il m'avait demandé cela. Rogue 5 était un nid de hors-la-loi et de criminels violents et agressifs. Pénétrer dans leur territoire en tant que contrebandier non affilié à l'une des cinq légions était dangereux. Le faire au service de la Coalition Interstellaire ? C'était du suicide.

Ce qui me ramenait à Katie et à la guerre qui faisait rage entre mon cœur et ma raison. Mon instinct m'ordonnait de faire demi-tour et de la rejoindre. Ma marque était d'accord. Mon honneur voulait autre chose. Que justice soit rendue pour le meurtrier du conseiller et de sa famille.

Cet enfoiré avait même tué les fils du conseiller, des garçons de huit et dix ans.

J'avais la justice dans le sang. C'était la raison d'être de notre race. Servir. Défendre. Protéger. Mais j'avais beau tenter d'être en paix avec ma mission, de penser à mon devoir sacré envers mon peuple, pour la première fois de ma vie, j'étais partagé.

Par le Divin, je n'avais jamais fait quelque chose d'aussi difficile que de m'éloigner d'elle, de laisser son corps enveloppé dans les draps doux, baigné par le clair de lune dans ma chambre. Le fait qu'elle ait réussi à se faufiler à l'étage des hommes non accouplés seulement vêtue d'une chemise de nuit me disait qu'elle était très courageuse — et mienne, sans aucun doute.

Je n'avais encore jamais remis en doute l'une de mes missions. Jamais. S'il y avait un criminel à pourchasser, je déployais mes compétences innées et je le traquais. Je le traduisais en justice, que ce soit sur Feris 5 ou à l'autre bout de la galaxie. Je ne m'étais jamais lassé de mon travail, n'avais jamais souhaité que l'on envoie quelqu'un d'autre à ma place.

Jusqu'à maintenant.

Jusqu'à elle.

Je m'agrippai au levier de pilotage, les jointures blanchies. L'espace noir emplissait mon champ de vision. Il n'y avait rien d'autre entre l'astéroïde et Hypérion. Tout était noir et vide, comme mon cœur.

— Navette 584, déclinez la raison de votre présence, fit la voix glaciale d'un éclaireur de Rogue 5 par le système de communication.

Je savais que si je donnais une mauvaise réponse, je me transformerais en un million de particules qui flotteraient dans l'espace pour l'éternité. Mais grâce à notre informateur, j'avais ce qu'il me fallait... un nom.

— Ici la navette 584. Je viens commercer avec Trace de Styx.

— Vous ne figurez pas au registre.

Les mots étaient mécaniques, calculateurs, comme si c'était une machine qui maniait le micro de ce vaisseau-éclaireur, et pas un homme.

— Il n'y a pas de registre.

C'étaient les mots magiques qui me permettraient de pénétrer la zone de la lune contrôlée par Styx. Ces sept mots, c'était la dernière aide de l'extérieur dont je disposais. Une fois que j'aurais atterri en toute sécurité dans leur port spatial, je serais livré à moi-même, et je ne devrais dépendre que de mes propres facultés mentales pour infiltrer ce nid de voleurs et traquer Garvos, le capturer si possible, l'exécuter dans le cas contraire, avant de fuir ce caillou.

Je retins mon souffle alors que le silence s'éternisait, dans l'attente. Prêt à lutter pour leur échapper. Ma navette semblait inoffensive, mais le conseil et moi y avions fait quelques ajustements avant le décollage, comme l'ajout d'une salle de téléportation cachée, de moteurs trois fois plus puissants que ceux d'une navette normale, et d'assez de puissance de feu pour détruire le vaisseau-éclaireur. Mais tout cela ne me permettrait pas d'obtenir ce que je voulais : un accès.

— Dirigez-vous vers le quai numéro sept. Tenez-vous prêt à être fouillé.

— Affirmatif. Quai numéro sept.

Le vaisseau-éclaireur s'éloigna à toute vitesse, hors de mon champ de vision, en direction de la ceinture d'astéroïdes désormais lointaine.

Hypérion apparut dans mon écran d'observation, un gigantesque orbe vert et blanc au ciel teinté d'un feu orange. Les orages qui rageaient à la surface étaient légendaires, et se produisaient généralement au-dessus des vastes océans d'eau douce. La moitié de la planète était couverte d'eau. Pour le reste, je n'avais entendu que des rumeurs. Personne ne descendait sur la surface, sauf les dirigeants de la planète, les descendants qui formaient les raids des légions de Rogue 5. Leur accouplement avec l'espèce autochtone avait donné quelque chose d'absolument terrifiant. Ces hybrides possédaient la vitesse, la force et l'agilité des populations indigènes de la planète, mais avec l'intelligence des races de la Coalition. C'étaient des brutes. Des brutes très, très malignes. Dangereuses. Mortelles.

Raison de plus de garder Katie en sécurité sur Everis, le plus loin possible de ces salopards sans foi ni loi.

Je ne lui avais même pas dit au revoir. Je savais que je n'aurais pas réussi à la regarder dans les yeux, à goûter sa bouche sucrée et à m'en aller ensuite. Alors je l'avais laissée endormie dans mon lit. Nue, au chaud et rassasiée. Si les choses tournaient mal, c'était ainsi que je voulais me souvenir d'elle. Si je l'avais réveillée, elle aurait protesté. Elle n'était pas encore à moi, mais je la connaissais assez pour savoir qu'elle aurait tenté de m'arrêter. Elle m'aurait supplié de trouver un remplaçant.

Ça, je ne pouvais pas le faire. Pas même pour elle. Je refusais d'envoyer un autre Chasseur à la mort pour rester au lit avec une femme. Je refusais d'envoyer quelqu'un d'autre souffrir et saigner pendant que je trouverais le plaisir, enfoncé de tout mon long dans les courbes de ma compagne parfaite.

S'il s'était agi d'une mission classique, sur une autre planète, j'aurais pu l'envisager. Mais il s'agissait d'Hypérion. Pire encore, je devais infiltrer l'une des légions de Rogue 5, la lune où la démocratie et les gouvernements civilisés n'avaient pas le droit de cité. Au lieu de cela, des hors-la-loi et des seigneurs sans pitié étaient au pouvoir. J'étais un Chasseur d'Élite, l'une des rares personnes de ma planète à posséder ce statut. Et je risquais de ne pas en réchapper.

L'assassin Garvos était impitoyable. Le bain de sang qu'il avait laissé derrière lui dans la maison du Conseiller Hervan prouvait qu'il tuait *pour le plaisir*.

Même ça, ça n'aurait peut-être pas suffi à m'éloigner de ma compagne, mais Garvos n'était pas un Prillon ou un Hypérion. C'était l'un des nôtres.

Un Chasseur everien qui avait mal tourné. Un Chasseur d'Élite, comme Von... et comme moi.

Plus rapide que les autres. Plus fort. Par la grâce de notre ADN ou du Divin, nous étions les meilleurs de notre espèce. Presque impossibles à traquer. Encore plus difficile à tuer.

Le conseil des Sept avait envoyé l'ordre de mission à notre nouveau foyer, sur Feris 5. Ils avaient demandé les services de Von. Mais je savais qu'il avait déjà commencé à partager des rêves avec sa Lexi, une beauté terrienne qui partageait désormais sa vie et son lit. S'il n'avait pas encore revendiqué ses trois virginités, ce ne serait plus qu'une question d'heures. J'avais accepté la mission et ne lui avais rien dit — une décision prise avant de savoir que j'avais moi aussi une compagne qui m'attendait sur la Pierre Angulaire.

Il aurait sacrifié son bonheur pour moi. Et il en serait peut-être mort.

Von était un leader né, et je le respectais. Je le suivais sans poser de questions. Mais son honneur le rendait vulnérable. Faible.

Je n'avais pas ce genre d'idées sentimentales. Mon âme était noire. Assez sombre, assez impitoyable pour survivre à Rogue 5.

Le danger, ce n'était pas seulement Garvos, mais aussi les légions qui dirigeaient Rogue 5. Garvos n'était qu'un homme, et je savais me défendre. Mais les informations données par nos espions indiquaient que Garvos se cachait sur le territoire de la légion Styx, et il s'agissait d'un groupe très dangereux. Calculateur. Mortel.

Et leur leader, lui-même nommé Styx lorsqu'il avait tué pour obtenir ce titre, avait la était réputation d'être froid et efficace, il régnait sur son territoire avec une poigne de fer.

J'avais peu de chances de quitter cette lune vivant, ou avec Garvos. Et c'était pour cela que l'arrivée de Katie sur la Pierre Angulaire était presque cruelle. Me faire miroiter la chose la plus douce et voluptueuse au monde, me tourmenter avec des rêves érotiques et la brûlure de ma marque alors que j'avais déjà été assigné à cette traque.

Le destin était cruel. J'avais tout ce que je désirais, tout ce que j'avais espéré posséder, à portée de main. La belle, intelligente et sauvage Katie. Mais j'avais dû la repousser, lui faire du mal. Pas avec mes mains — jamais je ne la blesserais physiquement —, mais avec mes mots et mes actes. Je l'avais vu dans ses yeux, dans la façon dont elle avait levé son menton mutin pour cacher les blessures que je lui avais infligées. Je devais espérer que cette unique nuit passée entre ses cuisses à apprendre le goût de sa chair sucrée suffirait. Je ne pouvais pas la revendiquer. Pas avant d'avoir accompli ma mission, avant mon retour sur Everis.

Les Sept traquaient Garvos depuis deux mois. Personne d'autre n'en était capable. Je refusais de mettre la vie d'un autre en danger simplement pour pouvoir plonger dans le corps chaud de ma compagne. Si je le faisais, je ne serais qu'un lâche. Et ce n'était pas le genre d'homme que je voulais être, ni le compagnon que je voulais que Katie ait.

Non. Je remplirais ma mission et avec un peu de chance, j'en reviendrais vivant. Ensuite, je pourrais enfin m'enfoncer en elle. La revendiquer en lui baisant les fesses, avant d'emplir sa chatte de ma semence. Je dus bouger sur mon siège, le sexe douloureusement pressé contre mon pantalon d'uniforme. Merde. J'allais avoir une érection perpétuelle jusqu'à mon retour sur la Pierre Angulaire, avec Katie dans mes bras. Sous mon corps.

Comme si mon corps plein de désir l'avait fait apparaître, j'entendis sa voix prononcer mon nom.

— Bryn. Où es-tu ?

Je grognai et pressai un bouton pour baisser les armes de la navette. Si j'approchais Rogue 5 avec les canons sortis, je ne survivrais pas assez longtemps pour atterrir.

— Bryn ?

Encore sa voix. Ma Katie. Elle m'avait pris dans sa bouche. Au début, j'avais cru que nous partagions un nouveau rêve, mais en plus intense. Je ne l'avais pas laissée me toucher en rêve, mais là, mon sexe était profondément enfoncé dans sa bouche chaude. Incapable de résister, je m'étais laissé aller contre sa langue mouillée et chaude. Mais ensuite, tout s'était avéré réel. *Katie* avait été réelle. Et le plaisir aussi. Chaud, intense, puissant. Carrément parfait. Je savais qu'elle était vierge, même quand elle me suçait, mais elle s'en était parfaitement sortie. Elle était tellement douée que j'avais joui très vite. Je me trémoussai de nouveau dans le siège de pilotage. Mes bourses la désiraient douloureusement. Maintenant que sa douce petite bouche était revendiquée, je ne pouvais penser qu'au moment où je revendiquerais ses fesses.

J'arrivais toujours à la voir à mon réveil, mon membre profondément enfoncé dans sa gorge, sa bouche grande ouverte pour me prendre en entier. Sa langue mouillée alors qu'elle léchait mon gland large. Si je fermais les yeux, j'arrivais à voir ses joues roses alors qu'elle jouissait sous les assauts de ma langue sur son clitoris. J'arrivais à entendre ses cris de plaisirs, ses soupirs, ses gémissements. Je sentais ses doigts dans mes cheveux, son sexe qui se contractait autour du doigt que j'avais glissé en elle. Sa saveur sur ma langue.

Un autre détecteur s'alluma sur mon tableau de commande. Cette fois, il m'indiquait qu'il y avait du mouvement sur la navette. Je pressai le bouton pour le réinitialiser. Il clignotait toujours.

J'étais trop loin d'Everis pour faire demi-tour si mon vaisseau fonctionnait mal. S'il avait un défaut, il allait devoir être réparé sur Rogue 5. Je serrai les dents en pensant à ce qui allait devoir se passer. Ils ne m'avaient pas accueilli à bras ouverts, alors je doutais qu'ils se proposent de remplacer les éléments défectueux. Je n'aurais pas non plus envie de m'attarder si je détenais Garvos. Et si je l'avais déjà tué ? Encore pire. Mieux valait que je répare la navette moi-même avant d'atterrir. Ils savaient que j'arrivais, mais je ne m'attendais pas à ce qu'ils me déroulent le tapis rouge.

J'enclenchai le pilotage automatique, débouclai le harnais autour de mes épaules et de ma taille, et décidait d'aller voir ce qui n'allait pas.

Eh merde !

Ce qui n'allait pas, c'était Katie. Sur ma couchette. Allongée, appuyée sur un coude, vêtue d'une tenue de guerrière. J'ignorais où elle avait bien pu trouver le pantalon noir et l'armure moulante. Je ne comprenais pas non plus comment elle pouvait se trouver en possession d'un pistolet à ions, rangé dans le holster qu'elle portait à la cuisse. Ses cheveux étaient détachés, longs et lisses. Chacune de ses courbes était soulignée, du sommet de son crâne au bout de ses bottes montantes. Elle ressemblait à une pirate sensuelle. Et comme si ça ne suffisait pas, son sourire entendu raviva mon érection et fit monter la panique en moi.

Je n'avais encore jamais vu cette expression sur son visage. Confiante. Impitoyable. Katie était déjà fascinante quand elle était innocente. Mais la femme qui se tenait sous mes yeux ? Elle n'avait rien de pur ou de naïf. Ma compagne était dure, pragmatique. Transformée. Intrépide.

Bon sang. Elle avait besoin d'être penchée sur cette putain de couchette et montée comme une bête sauvage. Une main refermée sur ses longs cheveux, pour la maintenir pendant que je la dompterais avec ma grosse queue. Que je la dresserais.

Que je la conquerrais. Oh, elle se soumettrait magnifiquement lorsque je revendiquerais son cul vierge.

Mon érection était tellement forte que je n'arrivais pas à réfléchir, à respirer.

Je comprenais mieux pourquoi elle avait refusé d'attendre, s'était glissée dans ma chambre et dans mon lit et m'avait pris dans sa bouche. Son corps avait beau être innocent, elle ne l'était pas. Et cette dichotomie me fascinait. Je la voulais. Tout entière. La combattante et la vierge. La réalité et l'illusion. Elle était mienne, et même si nous avions partagé des rêves et que la marque sur ma paume brûlait du même désir que celui que ressentait mon sexe, je réalisais soudain que je ne la connaissais pas du tout.

Et cela me terrifiait.

— Qu'est-ce que tu fous ici ? m'écriai-je.

Ma voix résonna sur les parois solides de la petite pièce. La navette n'était pas faite pour être confortable. Elle n'était pas spacieuse. Elle pouvait contenir trois Chasseurs everiens, mais elle était exiguë. Parfaite pour être le plus proche possible de ma compagne, mais là ? Alors que je tentais de mettre une galaxie entre nous pour la protéger, c'était confiné. Et mortel, car nous nous dirigions tout droit sur Rogue 5, qui se trouvait à seulement deux heures de là.

— Je te sauve les fesses, répondit-elle d'une voix ferme et assurée.

Et je lui sauverais les fesses en retour en la téléportant hors de ce foutu vaisseau. Je grimaçai en réalisant que nous nous trouvions trop près de la ceinture d'astéroïde pour que cela fonctionne. Les alliages magnétiques des astéroïdes étaient assez puissants pour brouiller le signal du téléporteur. Je ne pouvais plus faire demi-tour maintenant que j'avais obtenu l'autorisation d'atterrir. Je ne pouvais pas lui faire quitter la navette.

Merde.

Je fis un pas en arrière en serrant les poings. J'avais la respiration haletante, mais je l'admirai tout entière. Je ne pouvais pas m'empêcher de la regarder, d'examiner chacune de ses courbes. Même le pistolet à sa cuisse m'excitait. Qu'est-ce qui clochait chez moi ? J'étais censé être amoureux d'une petite fleur fragile et innocente. Une vierge douce et soumise. Pourquoi l'idée qu'elle me menace avec un pistolet me contractait-elle les bourses et la poitrine ?

J'avais envie de l'attraper, de la déshabiller, de lui retirer ses vêtements en plus de son pistolet, de lui faire perdre le contrôle et de la pousser à se soumettre.

Ce n'était pas normal. Quelque chose n'allait pas. Mes instincts n'étaient plus ce qu'ils étaient. J'avais passé trop d'heures — de jours — avec ma Compagne Marquée. Si elle était aussi... aussi féroce, j'aurais dû le remarquer. C'était la femme qui se tenait devant moi qui devait être fausse.

Je pris une grande bouffée d'air frais, et tentai de la raisonner.

— Je suis un Chasseur, Katie. Tu es une femme. Une femme faible, belle et délicate.

Elle devrait être conservée dans une cage de verre, parfaite et protégée. Loin des hybrides hypérions de Rogue 5, mais aussi de moi et de mon érection, de mes instincts impitoyables. Si je la touchais, je n'arriverais pas à me montrer doux. La prendre par-derrière pour la première fois, revendiquer cette virginité, était la soumission ultime chez une femme, je devrais la prendre avec tendresse, sous peine de lui faire du mal. Et en cet instant, je ne me sentais ni tendre ni patient.

— Tu n'as rien à faire là.

Les yeux étincelants, elle leva le menton et éclata de rire, comme si c'était moi qui étais fou. Je croisai les bras alors que mon esprit passait tous les scénarios possibles en revue.

Je pourrais faire demi-tour et la ramener sur Everis, là où était sa place. Mais j'avais déjà communiqué avec l'éclaireur de Rogue 5. On m'avait déjà attribué un quai d'atterrissage. Si je m'en allais maintenant, je n'arriverais jamais à quitter ce système solaire. Ils attaqueraient ma navette avant même que j'aie parcouru la moitié de la ceinture d'astéroïdes.

Je ne pouvais pas l'emmener avec moi en mission. L'idée même qu'elle se promène dans les couloirs de la base lunaire me donnait des frissons. Elle était trop parfaite. Trop belle. Tous les seigneurs et les membres de la légion la désireraient. Je serais obligé de lutter contre eux sur deux fronts au lieu d'un. Le fait que je sois là pour éliminer l'un des leurs était déjà assez inconfortable comme ça.

Je ne pouvais pas la cacher. Les légions fouillaient toujours les vaisseaux qui venaient faire du commerce. Et c'étaient des contrebandiers. Des voleurs. Ils n'omettraient aucune cachette possible. Leurs détecteurs ne rateraient rien.

J'étais si frustré, si excité que je n'arrivais pas à réfléchir clairement. C'était moi qui étais censé être aux commandes. Pas elle. Mes bourses me donnaient l'impression d'être écrasées dans la paume de sa main.

Un grognement m'échappa.

— Tu essaies à nouveau de me séduire, dis-je d'un ton accusateur.

— Il faut se servir des armes qu'on a, rétorqua-t-elle.

J'ignorais si elle parlait de son corps superbe ou de son cerveau. Elle était montée à bord de mon vaisseau sans que je le sache, et maintenant, elle me brouillait complètement les pensées.

— Tu devais rester sur Everis, dis-je.

Elle se contenta de hausser les épaules, se fichant visiblement de sa propre sécurité ou de mon envie de la garder hors de danger, nue et rassasiée dans mon lit.

— Ça suffit, dis-je les dents serrées.

Je parcourus les deux pas qui nous séparaient et la

soulevai par la taille. Elle n'était pas petite, mais je n'eus aucune difficulté à la manipuler, à la mettre dans la position que je voulais de façon à ce que je sois assis au bord du lit, Katie debout entre mes genoux écartés.

Elle ouvrit les yeux d'un air surpris, mais je voyais qu'ils brûlaient de désir, preuve qu'elle aimait ça. Tant mieux. Il fallait qu'elle apprenne où était sa place : sur mes genoux.

— Tu m'as désobéi, compagne.

Je n'avais encore jamais retiré le pantalon d'une guerrière de la Coalition, mais ils étaient faciles à enlever, même les bottes. Je grognai en lui enlevant aussi sa culotte, et elle se retrouva nue en dessous de la taille.

J'avais déjà vu son sexe, de près, mais dans la lumière vive de la navette, je voyais la couleur veloutée de ses cuisses, les poils noirs bien taillés qui cachaient à peine ses lèvres roses et mouillées. Je la voulais complètement nue, mais ce serait trop intense. La voir toute gonflée et prête pour moi faillit m'achever. Mais j'étais en mission, et j'avais une tâche à accomplir.

Pourchasser Garvos, oui. Mais pour l'instant, alors que le vaisseau s'approchait de Rogue 5, je devais punir ma compagne et m'assurer qu'elle sache qui commandait.

— Tu as besoin de mon aide, dit-elle.

— Mauvaise réponse.

Je voulais qu'elle s'excuse. Je voulais qu'elle sache à quel point ce qu'elle avait fait était grave. Je l'allongeai sur mes genoux de façon à ce que ses fesses en forme de cœur se retrouvent en l'air, son torse moulé dans son armure étendu sur le matelas.

— Bryn ! s'écria-t-elle en se mettant enfin à lutter, réalisant ce que je comptais faire.

Je coinçai ses jambes avec l'un de mes pieds et la maintins en place alors que j'abattais ma main sur ses fesses. Sa chair tremblota sous ma paume, et je regardai mon empreinte rose vif s'épanouir sur sa peau.

— C'est moi qui commande.

— Pas du tout, rétorqua-t-elle.

— Qui c'est qui vient d'Everis ? Qui sait de quel genre de méfaits Garvos est capable ?

À chaque question, je la fessais de nouveau, toujours à un endroit différent.

— Qui connaît tout des Hypérions, des voyages spatiaux, des pistolets à ions ?

Elle criait mon nom, ruant dans ma poigne ferme, sans me répondre.

— Qui c'est qui te gardera en sécurité ? Qui te donnera tout ce dont tu as besoin, qu'il s'agisse d'une punition sévère ou un orgasme puissant ?

— Toi ! s'écria-t-elle.

Alors je m'arrêtai, et posai la paume sur sa peau échauffée pour l'apaiser. Katie respirait fort, les poings serrés sur la couverture de chaque côté de ses épaules.

— C'est exact. Moi. Ton Compagnon Marqué. Tu sens la chaleur sur ta paume ? Elle est à moi.

Je lui lâchai les jambes et les écartai avec mon pied.

— Tu sens la chaleur dans ta chatte ? Elle est à moi.

Je passai le bout des doigts sur ses petites lèvres gonflées, et son désir les enduisit immédiatement. Elle se figea et gémit, puis leva les hanches pour m'en offrir plus. Je portai mes doigts à ma bouche et les léchai, son goût me couvrant la langue une nouvelle fois. Elle était sucrée. Addictive. Mienne.

— Tes orgasmes ? Ils sont à moi, ajoutai-je.

Je fis le tour de son entrée, encore et encore jusqu'à ce qu'elle se tortille, impatiente que je lui en donne plus. Je le lui refusai.

— Qu'est-ce qui ne va pas ? Tu es frustrée ?

Je passai le pouce sur son clitoris, en veillant à accroître son désir désespéré, et rien de plus. Je ne l'autoriserais pas à jouir. Pas encore, pas avant qu'elle sache qui était son maître.

Je m'étais glissé hors du lit seulement quelques heures plus tôt, et je la désirais déjà. Elle était tout aussi insatiable que moi, mais je ne la revendiquerais pas. Non. Il fallait que je traque Garvos, et j'avais beau vouloir la prendre par-derrière et par-devant jusqu'à ce qu'elle oublie son propre nom, cela devrait attendre. Si les choses tournaient mal sur Rogue 5, être mienne la mettrait encore plus en danger. Elle serait punie, ou pire encore, utilisée pour me contrôler. Si elle était mienne, ils disposeraient de l'arme ultime contre moi. Katie était ma plus grande faiblesse.

— Tu veux que je baise ta petite chatte ? Que je t'emplisse ? Que je te fasse jouir ?

Je ne pouvais pas la revendiquer sans la mettre encore plus en danger. Pas ici. Pas maintenant. Mais ce que je pouvais faire, c'était lui donner une bonne leçon. La punir pour ses bêtises. La pousser à se soumettre. M'assurer que pendant notre séjour sur Rogue 5, elle comprendrait que je commandais et qu'elle devait m'obéir.

— Oui, Bryn, je t'en prie.

J'adorais regarder ses hanches se tortiller, son sexe se soulever et s'offrir dans un accueil délicieux. Mais il n'y avait pas que ses pétales vierges et roses qui étaient dévoilés. Non. La rosette plus foncée entre ses fesses, intouchée et totalement mienne, m'appelait à chaque contraction de ses muscles.

— Je t'en prie quoi ?

— Baise-moi.

Je trempai mon doigt dans son désir, puis le positionnai au-dessus de son entrée de derrière.

— Non. Ce que tu ressens, compagne, c'est ce que je

ressens en te voyant ici. Dépossédé de mes moyens. Pani-
qué. Je suis le seul à pouvoir combler ce désir. En tant que
compagnon, c'est mon travail de satisfaire tes besoins.

J'effleurai sa chair vierge, l'enduisis. Elle haleta et se
cambra.

— De te punir ou de te faire du bien.

Je savais qu'elle sentait mon membre, chaud et pulsant
contre sa hanche. Mais il n'obtiendrait rien pour le moment.
Il resterait dans mon pantalon. J'étais un Chasseur everien,
et elle ignorait tout du pouvoir qu'elle exerçait vraiment
sur moi.

Je pris davantage de ses fluides et passai les doigts entre
ses fesses, avant de commencer à la pénétrer. J'appuyai, l'éti-
rai, laissant patiemment sa fleur s'ouvrir à l'invasion persis-
tante de mon doigt.

— Tu veux ma queue. Ça n'arrivera pas. Je ne revendi-
querai pas cette virginité tout de suite. Mais je peux te
permettre d'avoir un avant-goût de ce que ça fera.

Je mouillai encore mes doigts et en enduisis ses parois
intérieures jusqu'à ce que mon entrée se fasse facilement.
Un doigt. Puis deux.

Elle se contracta, et je vis son sexe vierge frémir et pleu-
rer. Vide. Douloureux. Ça aussi, ça m'appartenait, mais je
n'osais pas le revendiquer, même si mon membre était
douloureux, même si mon corps tout entier brûlait du feu
qui se répandait depuis ma paume.

— Oh là là, Bryn, gémit-elle.

Elle était immobile sur mes genoux, incertaine. C'était
intime, encore plus que quand je m'étais glissé entre ses
cuisses pour la lécher. Oui, cette situation exigeait une
confiance plus profonde dans le fait qu'elle m'appartenait. À
moi seul. Je la revendiquerais comme je le voudrais, comme
elle en aurait besoin.

Je fis tourner ma main et posai mon pouce sur son

clitoris trempé, avant de jouer avec en tandem avec les va-et-vient de mes doigts.

— Tes fesses rouges, mes doigts qui te pénètrent là, tout ça prouve que tu es ma compagne, que tu es mienne. Souviens-t-en. Ta punition et ton plaisir m'appartiennent.

Sa respiration profonde, ses cris de plaisir emplirent la petite pièce, résonnèrent sur les murs métalliques.

Cela m'encouragea à continuer, à la pénétrer avec précaution, mais plus profondément, avec mes doigts alors que j'appuyais sur son clitoris, que j'en faisais le tour.

Elle était incapable de rester immobile, à présent. Non, elle ondulait des hanches en rythme avec mes va-et-vient pour me prendre plus profondément. Sa peau était couverte de sueur, sa tête s'enfonçait dans le matelas, ses cheveux noirs étaient ébouriffés sur le lit.

Elle avait les yeux fermés, la bouche ouverte.

— Oui, soupira-t-elle. Oui, oui ! *Oui* !

— C'est bien. Soumets-toi. Donne-toi à moi. Laisse-toi aller. Jouis, compagne.

Elle s'exécuta, et son corps tout entier se tendit comme un arc alors qu'un cri lui déchirait la gorge et qu'elle se contractait douloureusement sur mes doigts. Par les dieux, elle étranglerait pratiquement mon membre quand je jouirais en elle.

La voir là sur mes genoux, perdue dans le plaisir que je lui donnais, m'acheva. Je la déplaçai pour qu'elle soit allongée sur le ventre, les fesses au bord du lit, les jambes dépassant sur le côté. Elle était épuisée, repue. J'ouvris brutalement la fermeture de mon pantalon et agrippai mon membre. Le désir que je ressentais me fit pousser un sifflement. Mes bourses étaient déjà contractées, l'orgasme qui montait en moi me força à me mordre la lèvre. Je n'avais jamais été aussi excité de toute ma vie.

Ma compagne était satisfaite grâce au plaisir que je lui

avais donné, les jambes écartées et son sexe avide offert, son entrée de derrière frémissante toujours luisante après mes attentions. Voir sa peau rouge après la fessée que je lui avais donnée me fit éjaculer. Deux caresses me suffirent à jouir, jet après jet dirigé vers ses fesses levées. Je gémis son nom alors que j'aspergeais sa chair rose.

Merde. Putain. Putain. Je l'avais contrôlée comme je l'avais voulue, et pourtant, elle avait réussi à vaincre ma volonté avec un seul orgasme charnel.

Il me fallut plusieurs minutes pour calmer mon corps, pour reprendre mon souffle, pour parvenir à réfléchir clairement. J'allai chercher un linge avec lequel j'essuyai les restes de ma jouissance sur sa peau douce.

— Te rends-tu compte de ce que tu as fait ? lui demandai-je en jetant le linge par terre et en reboutonnant mon pantalon.

J'étais toujours en érection. Rien ne pourrait faire retomber mon désir de me retrouver enfoncé entre ses fesses chaudes.

Elle remua sur le lit pour s'asseoir, en grimaçant légèrement. Je n'étais pas désolé. Non, elle se souviendrait de sa punition, car elle était toujours là avec moi sur cette navette. Toujours en danger.

Elle se leva lentement, chaque mouvement étudié pour me distraire. Pour me séduire. Bon sang. Je venais de jouir, et j'avais déjà envie d'elle. Elle se pencha pour ramasser son pantalon et l'enfila, couvrant son corps. Je ne verrais plus jamais l'uniforme de la Coalition du même œil.

— Je ne suis pas celle que tu crois, Bryn. Je comprends ces gens. Leurs codes. Leur mode de vie. Pas toi.

La douce et innocente Katie comprenait les contrebandiers et les voleurs de Rogue 5 ? Je secouai la tête avant même de lui faire part de mes doutes à voix haute.

— C'est impossible.

Son rire était glacial, à présent, vide, un son que je n'avais encore jamais entendu dans sa bouche et qui m'envoya un frisson d'avertissement dans l'échine. Elle ramassa ses bottes et se rassit précautionneusement, mais cette fois, elle se trémoussa, presque comme si la douleur lui plaisait. Cette idée aurait dû m'alarmer. Au lieu de cela, ma respiration devint saccadée alors qu'elle enfilait ses bottes. J'avais envie de tester ses limites, de découvrir ce qu'elle voulait. Ce dont elle avait besoin. Découvrir ce qu'elle m'avait caché d'autre sur sa personnalité.

J'avais envie de l'ouvrir et de découvrir tous ses sombres désirs, tous ses souhaits, tous ses fantasmes. Je voulais savoir ce qui la mettrait à genoux, afin qu'elle ne puisse plus jamais se cacher de moi. L'idée qu'elle m'ait manipulé jusqu'à présent me faisait durcir le sexe et le cœur à la fois. Comment étais-je supposé lui donner ce qu'il lui fallait si elle me cachait la vérité ? Si elle me cachait ses désirs ? Son âme ? Tout ça m'appartenait, et l'envie irrésistible de dévoiler les mystères de cette femme me submergeait comme un désir impitoyable que je ne pourrais jamais ignorer. Elle leva enfin les yeux vers moi, les ténèbres derrière son regard étaient bien visibles.

— J'aurais préféré ne pas connaître ce genre de types aussi bien. Mais je ne suis pas celle que tu crois. Je ne suis pas pure, innocente et naïve comme les autres Épouses de la Pierre Angulaire. Je suis un imposteur, Bryn. J'ai grandi au milieu du mal. Au milieu de la drogue, du crime et de la mort. J'ai grandi dans la rue, Bryn. Mon frère faisait partie d'un gang de bikers, jusqu'à ce que ça le tue. Mes parents vendaient de la drogue en douce pour nourrir leur propre addiction.

Je fronçai les sourcils.

— Un gang de bikers ?

Elle haussa les épaules.

— Un club de motards, comme les légions de Rogue 5. Je sais comment ils pensent, comment ils fonctionnent. Je ne connais que trop bien ce genre de personnes.

— Mais toi, tu n'es pas comme ça, dis-je en m'avançant, soulagé lorsqu'elle me laissa lui caresser la joue. C'était ton frère. Tes parents. Ce n'était pas toi.

Je ne voulais pas l'imaginer entourée de tout ce mal, de toute cette noirceur.

Ses yeux bleu foncé clignèrent lentement.

— Mais si. Je me suis mise au vol à l'étalage quand j'avais sept ans. À douze ans, j'étais capable de voler une voiture. À quatorze ans, je cambriolais les maisons, et je revendais les appareils électroniques que je volais pour mettre à manger sur la table, jusqu'à ce que mes parents fassent une overdose et meurent dans un squat qui se trouvait à quelques rues de notre appartement pourri. Mon frère a été abattu deux mois plus tard. Il avait dix-huit ans, et c'était mon tuteur. Après la mort de mes parents, j'ai passé trois mois avec son gang, à apprendre les ficelles du métier.

Un sourire triste apparut sur son visage, avant de disparaître.

— Quand mon frère était en vie, leur leader me traitait comme une petite sœur. Lui et mon frère me protégeaient pour que personne ne me touche. Mais j'étais jeune et jolie, et j'arrivais à duper les flics, à me faufiler là où eux ne pouvaient pas pénétrer. Mais après la mort de mon frère ? Et bien, il n'y avait plus personne pour s'occuper de moi. Pour me servir de tuteur. On m'a confiée aux services sociaux jusqu'à ma majorité.

Je ne comprenais pas la moitié de ce qu'elle me racontait. Services sociaux ? Tuteur ? L'UPN ne traduisait pas tout. Voler, c'était un mot que je comprenais. Mais elle avait laissé entendre qu'elle avait volé pour survivre, pour manger.

— Je n'ai pas tout compris, Katie. Mais peu importe. Tu ne devrais pas être là.

Elle me regarda en souriant, comme si c'était moi l'imbécile.

— C'était quoi ton plan, hein ? Faire atterrir ce truc et tenter de te faufiler partout jusqu'à te faire prendre ou trouver l'homme que tu cherches ?

Elle disait cela comme si j'étais un débutant un peu bébête.

— Je suis très doué pour me faufiler, répliquai-je.

Elle poussa un grognement amusé.

— Pas assez.

Elle leva la main et entremêla ses doigts aux miens, puis ajouta :

— Tu ne peux pas pénétrer comme ça sur leur territoire et mettre le nez partout. Tu auras besoin de leur permission. Si les gros bonnets d'Everis en ont après ce type, c'est que c'est un gros calibre. Il attirera trop l'attention sur eux. Ils voudront savoir ce qu'il a fait. S'ils ont autre chose qu'un petit pois dans le cerveau, ils ne voudront pas que tout un contingent de Chasseur débarque sur leur petite lune. C'est mauvais pour les affaires, quand les gens se mettent à renifler par chez eux.

— Qu'est-ce que tu racontes ? Gros bonnets ? Petits pois ? Et Garvos n'est pas un calibre.

Je passai la main autour de ses hanches et la serrai contre moi, pressée contre la bosse formée par mon membre.

Les lumières du plafond clignotèrent, et elle leva les yeux d'un air curieux. Lorsque je ne réagis pas, elle retourna son attention sur moi.

— Où est ce Garvos ?

— Nos informations suggèrent qu'il se trouve en territoire Styx.

Elle pouffa.

— Même quand tu parles, on dirait un keuf.

— Je te demande pardon ?

Voilà qu'elle me mettait de nouveau sur les nerfs. Ma paume avait très envie de lui donner une nouvelle fessée jusqu'à ce qu'elle se soumette. Mais bon sang, en cet instant, elle n'avait rien d'obéissant. Elle avait visiblement apprécié la fessée que je lui avais donnée, et elle n'avait aucun mal à se soumettre à moi. Pas encore, en tout cas. Je n'avais pas encore trouvé ses limites, la ligne rouge, mais ça viendrait. J'avais cru qu'elle s'était soumise à moi lorsque je l'avais allongée sur mes genoux, mais non. Pas encore. Pas tant qu'elle ne serait pas désespérée au point de me supplier en sanglotant.

Je traçai les contours de sa lèvre inférieure avec le pouce, en imaginant le moment où elle deviendrait pleinement mienne, quand ses souffrances et sa colère seraient consumées et qu'elles se rendraient à mes soins, quand son corps frémirait au moindre de mes contacts, quand elle serait désespérée, vulnérable et si excitée que le passage de mes lèvres sur son clitoris la ferait jouir en criant mon nom.

Elle cligna lentement des yeux, et sortit le bout de la langue pour goûter l'endroit où mon pouce s'était attardé.

— Laisse tomber. Qui est le leader de Styx ? Qui c'est qui commande ?

Je ne devrais sans doute pas le lui dire, mais elle était là. Coincée ici. Nous étions déjà dans les ennuis jusqu'au cou. Je pouvais lui donner une autre fessée pour me faire du bien, mais cela ne changerait rien à la situation. Si elle ne pouvait pas se téléporter hors de la navette, alors il valait mieux qu'elle sache à quoi elle allait être confrontée.

— Il est nommé d'après le territoire qu'il gouverne, alors il s'appelle Styx. Il a pris le contrôle de la légion il y a quatre ans.

Elle poussa un soupir soulagé.

— C'est bien. Ça veut dire qu'il est stable, et qu'il doit avoir son peuple sous contrôle.

Je hochai la tête une fois, lentement, en cachant ma surprise face à sa remarque.

— Oui. C'est ce que nous en avons conclu.

Elle me sourit.

— Très bien. Allons lui parler.

 atie

Bryn me regarda comme si j'étais devenue dingue.

— Pourquoi est-ce qu'on ferait une chose pareille ?

— Si on veut chasser sur son territoire, il vaut mieux obtenir sa permission d'abord, dis-je alors que la drôle de lueur orange du plafond clignota deux fois et devint bleue.

Bryn leva les yeux vers la lumière, puis me regarda à nouveau alors que le vaisseau remuait sous nos pieds. Quelques bruits sonores et étranges firent vibrer le sol, et je supposai que des appareils facilitant l'atterrissage étaient en train de se déployer sous la navette.

— La permission ? répéta-t-il.

Il se retourna, me lâchant et me permettant de respirer à nouveau. Quand il était proche de moi, il aspirait tout l'air disponible.

— Oui. C'est un dirigeant puissant avec une équipe organisée et disciplinée. Il ne voudra pas qu'une bande de Chasseurs ou de membres de la Coalition vienne fourrer le nez dans ses affaires. Et si ce Garvos est venu sur la planète sans son autorisation, c'est encore pire. Vu que vous avez déjà perdu deux Chasseurs, et qu'ils t'envoient toi, j'en conclus que si tu disparais, les Sept ne renonceront pas.

— Non. Ils en enverront d'autres.

— Plus d'un cette fois ? Deux d'un coup ? Trois ? Un vaisseau plein de Chasseurs ?

Il poussa un grognement et s'engagea dans le petit couloir. Je courus après lui pour tenir le rythme de ses grandes jambes.

— Non, ils ne renonceront pas.

— C'est bien ce que je pensais.

Le vaisseau se pencha d'un côté, et je me tins au mur pour ne pas tomber, mais je n'aurais pas dû me donner cette peine. Bryn me passa un bras autour de la taille en un clin d'œil, il ne semblait éprouver aucune difficulté à rester debout bien droit. Quel frimeur.

— Écoute, il ne voudra pas qu'un vaisseau plein de types comme toi se pointe chez lui. Et s'il apprend que quelqu'un au sein de sa légion est là sans sa permission, il sera en colère. Soit tu te faufiles en douce, juste sous leur nez, soit tu lui dis ce que tu veux et tu lui expliques la raison de ta présence. Direct. Si ça se trouve, il nous aidera, même.

Bryn me posa une main sous le menton et me leva le visage pour m'obliger à le regarder.

— Il n'y a pas de *nous*. Je pars en chasse. *Toi*, tu resteras sur le vaisseau et tu m'attendras.

Je ne daignai même pas répondre à cette affirmation stupide. Il était hors de question que je reste sur cette vieille navette.

— Tu veux aussi que je te prépare tes Charentaises et ta pipe, chéri ? lui demandai-je d'un ton aussi sarcastique que possible.

Bryn fronça les sourcils et serra la mâchoire. Visiblement, il ne comprenait pas cette référence aux années cinquante. Bryn allait avoir besoin que quelqu'un l'assiste et récupère des informations sur le terrain. Je ne pourrais pas le faire si je restais dans cette navette.

Mon compagnon jeta un coup d'œil à un panneau sur sa gauche, et je remarquai un écran d'observation qui montrait l'intérieur d'une espèce de zone d'atterrissage. Des vaisseaux et des gens s'affairaient à l'extérieur, et notre navette s'était immobilisée.

— Comment est-ce qu'on a atterri ?

— Pilotage automatique.

— Oh.

C'était cool. J'imagine. Mais ça ne changeait rien à nos affaires. En fait, un groupe composé de quatre hommes et une femme s'approchait de la navette. Ils étaient vêtus de noir de la tête aux pieds, et étaient armés jusqu'aux dents. Mes doigts se refermèrent sur mon pistolet à ions, mais je savais qu'ils ne me laisseraient pas le garder. Et je n'avais pas un décolleté assez profond pour l'y cacher. Dans ma botte, peut-être ?

Bryn me pressa le menton pour que je lui prête attention, et j'arrachai mon regard aux habitants de Rogue 5 qui se tenaient juste dehors, en attendant, sans dire un mot.

— Je t'ordonne de rester m'attendre sur le vaisseau, dit-il, d'un ton toujours aussi autoritaire et grave.

Ouais, répéter les mêmes conneries encore et encore n'en faisait pas la vérité.

— Non. Hors de question.

— Tu feras ce que je t'ordonne de faire, Katie. Tu es ma compagne.

J'arrachai ma tête à sa main et je crachai :

— Non. Tu as refusé de me revendiquer, Bryn. Je ne t'appartiens pas.

Lorsqu'il me regarda avec l'air de vouloir m'attraper de force, je dégainai mon pistolet à ions et le pointai sur sa poitrine. Jamais je ne lui aurais fait de mal, mais j'étais en colère, et les longs jours où il m'avait repoussée tourbillonnaient en moi comme un ouragan. Il m'avait tenue à distance, avait refusé de me revendiquer même quand je m'étais glissée toute nue dans son lit et que je m'étais jetée sur lui.

Non. Il n'avait aucun droit de me donner des ordres. Pas à moi. Pas après sa fessée et l'orgasme qu'il m'avait donnés. Mon derrière me picotait encore — à l'intérieur comme à l'extérieur. J'avais aimé ça, mais ça ne changeait rien.

J'étais peut-être sienne, mais il était mien, aussi, et j'allais m'assurer qu'il se sorte vivant de cette mission à la con. Ensuite, nous réglerions le reste.

— Tu es ma Compagne Marquée.

J'éclatai de rire, mais le regrettai immédiatement, car je n'étais pas amusée du tout. Tout ce que je ressentais, c'était de la peine.

— Je suis peut-être marquée, Bryn, mais je ne t'appartiens pas. Tu t'en es assuré.

Je me remis en route. Si je ne le faisais pas, je craignais qu'il me jette sur son épaule et qu'il me ramène au fond de la navette. J'avais essayé la méthode de la Gardienne Égara. Nouvelle vie. Nouvelle Katie. Et ça ne marchait pas. J'étais tout aussi malheureuse que je l'avais été sur Terre. Et seule. Pourquoi étais-je si surprise ?

Parce que j'étais stupide. Je m'étais prise à en vouloir plus. J'aurais dû savoir que ce n'était pas possible. La vie avait le chic pour m'enfoncer. Ce qui signifiait que j'étais de retour à la case départ... Prendre ce que je voulais. Je voulais Bryn. Cela voulait dire que j'arrêtais de jouer selon ses règles. S'il avait besoin d'encouragements, je me ferais une joie de le pousser un peu.

— Tu n'es pas mon compagnon, Bryn. Tu n'as aucun

droit sur moi. Je n'obéis pas aux ordres. Je ne l'ai jamais fait. Je ne vais pas commencer avec toi.

Ses épaules se crispèrent davantage, si c'était possible. Il était effrayant. Dangereux. Et son regard brûlant m'envoya un frisson de désir pur le long de l'échine.

— Et qui est-ce qui vient d'enfoncer les doigts entre tes fesses rougies ? gronda-t-il.

Je refusais de répondre à ses provocations. Une partie de moi avait envie qu'il me jette au sol et qu'il me prenne sans préliminaires. Sauvagement. Désespérément. J'avais envie qu'il soit bestial, déchaîné. Personne ne m'avait jamais désirée à ce point. Je n'avais jamais *compté*. Assez pour que l'on perde la raison pour moi, que l'on oublie toute logique, toute convenance ou précaution. Moi ? J'étais inconséquente.

Ouais. Il m'appartenait. Il avait simplement besoin que je l'aide à réaliser que je n'étais pas une pauvre orchidée fragile qu'il devait protéger. J'étais une dure à cuire. Je n'avais jamais laissé un homme me toucher, mais cela ne faisait pas de moi une innocente.

Je l'ignorai et me dirigeai vers les portes de la navette. J'appuyai sur le bouton qui faisait descendre la rampe. Il plissa les yeux, mais il était trop tard pour me retenir. Je rengainai mon pistolet à ions et levai les mains en l'air lorsque la porte s'ouvrit pour qu'ils ne me tirent pas dessus sur-le-champ.

Dès que la rampe heurta le sol de la zone d'atterrissage, les quatre hommes se dirigèrent vers nous, la femme toujours en bas de la rampe, son arme braquée sur Bryn. Cela me fit sourire. Très bien. Qu'elle sous-estime la petite terrienne stupide. Elle ne serait pas la première à m'ignorer.

Bryn ne faisait que me surveiller, ne prêtant aucune attention aux hommes qui nous entouraient, comme s'ils ne comptaient pas. J'avais déjà vu des Chasseurs d'Everis se déplacer, j'avais été témoin de leur vitesse. Quand le compagnon de Lexi, Von, s'était battu pour la gagner, les combattants avaient pratiquement volé dans les airs, comme dans les films. Je savais que si Bryn le devait, il pourrait se déplacer si vite que je serais incapable de suivre sa progression à l'œil nu.

Il serait sans doute capable de désarmer ces types avant qu'ils lancent un quelconque signal d'alarme.

Mais seuls cinq soldats étaient présents. Sur combien ? Cent ? Mille ? Je l'ignorais. Mais Bryn avait beau être un excellent Chasseur, personne ne pourrait échapper à leurs dispositifs de communication. Nous serions emprisonnés dans une boîte en métal, flottant au large de la lune d'Hypérion. Autant se balader dans une cellule. Si nous voulions quitter ce caillou, il n'y avait qu'une solution. Nous n'avions d'autre choix que de rester. Si Bryn tentait quoi que ce soit de stupide, tous les criminels et les voleurs de la lune se lanceraient à sa recherche.

Je tournai délibérément le dos à Bryn et ignorai les mains qui me palpaient pour vérifier que je ne portais pas d'autres armes. Le soldat était efficace, et ne s'attardait pas outre mesure. Un point en la faveur du dénommé Styx. Visiblement, il ne tolérait pas les conneries. La femme au pistolet semblait être aux commandes. Encore un bon signe. Le dirigeant de ce peuple serait peut-être plus facile à approcher que je ne l'avais espéré.

Sans prêter attention à l'inspection du soldat, je m'adressai à la femme.

— Nous devons parler à Styx.

L'homme à genoux devant moi poussa un grognement, mon pistolet entre ses mains, et hocha la tête en direction de sa supérieure pour lui dire que j'étais désarmée. Elle haussa un sourcil pâle, son visage étrangement beau. Ses cheveux étaient trop clairs pour qu'on leur attribue une couleur, et ses yeux étaient d'un gris pâle et lumineux, presque argenté.

— Et vous êtes ?

— Katherine. Voici Bryn.

— Vous n'avez pas répondu à ma question.

Elle regarda l'homme qui se trouvait à côté de moi, et il me poussa, sans aucune douceur, pour que je descende de la rampe. Derrière moi, Bryn poussa un grognement d'avertissement, mais je levai la main pour le calmer sans quitter des yeux la femme que je rejoignais. Je m'arrêtai à quelques mètres d'elle, les mains toujours présentées, paumes ouvertes, dans son champ de vision.

— Je m'appelle Katherine. Je viens de la Terre. Et lui, c'est Bryn. C'est un Chasseur d'Everis. Il est ici pour vous débarrasser d'une partie de vos ordures.

Il n'y avait aucune surprise dans les yeux de la soldate, et elle ne prit pas la peine de regarder Bryn. Alors, elle était au courant. Le séjour des deux autres Chasseurs n'était pas passé inaperçu. Mais Styx les avait-il condamnés à mort ? Ou avait-il simplement trouvé leurs cadavres après les faits ? Pire encore, étaient-ils toujours en vie, à pourrir en cellule quelque part ?

— Qu'est-ce que vous lui voulez, à Styx ? Il ne parle pas aux étrangers. Donnez-moi votre message, et je le lui transmettrai.

J'étais soulagée que Bryn garde le silence et me laisse parler. Après notre dispute, je me demandais bien pourquoi, mais je n'avais pas le temps de m'appesantir sur le sujet.

Ce fut à mon tour de hausser un sourcil. Je croisai les bras et secouai la tête.

— Non. Ce que nous avons à dire concerne la légion tout entière. Nous ne parlerons qu'à Styx en personne.

Une longue minute de silence passa alors qu'elle m'étudiait, avant d'examiner Bryn. Les soldats devaient communiquer de manière imperceptible, car sans se dire un mot, ils nous encerclèrent, palpèrent Bryn et le poussèrent à côté de moi. La femme ouvrit la marche. Deux gardes lui emboîtèrent le pas, suivis par Bryn et moi, et enfin, par les deux derniers soldats, leurs pistolets braqués sur nos dos. Tout était très civilisé.

Et j'avais tellement peur que je tremblais. Les choses se passaient à peu près comme je l'avais prévu, mais il s'agissait d'extraterrestres. À en croire Bryn, ils étaient même mi-bêtes mi-hommes. Des hybrides monstrueux. Et ils mordaient leurs compagnes. Et ça, ce n'était *pas* civilisé.

— C'est de la folie. Tu t'en rends compte ? me dit Bryn, qui marchait à mes côtés.

A l'instant où il était sorti de la navette, il avait été désarmé par des hommes qui ressemblaient effectivement à des motards membres de gangs, avec leurs tatouages sur le visage et sur le cou jusqu'aux vêtements de cuir et aux armes qu'ils portaient tous fièrement. Le groupe qui nous escortait était très lié, et le moindre mouvement de leurs yeux ou de leurs doigts était repéré par les autres. Ils étaient tendus, efficaces, et silencieux.

Ce fameux Styx menait bien son équipe. J'espérais qu'il avait un tant soit peu d'intégrité, et qu'il voudrait éviter qu'un type comme Garvos attire des Chasseurs ou des guerriers de la Coalition sur son territoire. Ce type de groupe ne voulait pas se faire repérer par le Gouvernement ou les flics de l'espace — les types comme Bryn, en tout cas, quel que soit leur nom. Chasseurs de prime ? Assassins ? Agents spéciaux de la Flotte de la Coalition ? Je n'avais pas encore tout compris. Tout ce que je savais, c'était que mon compagnon était trop honorable et bien sous tous rapports pour comprendre comment fonctionnaient les types comme Styx. Les criminels. Les voleurs. Les gens obligés de survivre dans un trou à rat grâce à leur force et leur jugeote.

Les gens comme moi.

S'ils m'avaient laissé garder mon pistolet de l'espace, je les aurais pris pour des amateurs. Mais ils étaient tout le contraire. Grand et baraqué, le soldat qui se trouvait derrière Bryn avait le crâne rasé, des tatouages autour des deux yeux et un visage qui n'avait pas l'air d'avoir souri depuis vingt ans. La cinquantaine, si je devais faire une estimation, il avait des cicatrices sur les deux mains et sur le côté du cou. Il avait l'air redoutable, et je me demandai quel genre de leader parvenait à faire filer droit ce genre de dur à cuire.

Bryn était costaud, mais ces types l'étaient encore plus. Comme des rugbymen, mais j'étais persuadée qu'ils étaient très futés en plus du reste.

Ils étaient tous vêtus de noir. De la tête aux pieds. Certains hommes avaient le crâne tondu avec une précision toute militaire. Celui qui marchait devant moi avait une drôle de tresse qui lui arrivait au milieu du dos. Son visage était anguleux, mais très beau. Étrangement séduisant. Il me faisait penser à Legolas, dans l'adaptation du *Seigneur des Anneaux*. Ces gens se mouvaient comme des elfes, comme s'ils étaient plus qu'humains. La femme me dépassait d'une quinzaine de centimètres, ses épaules larges, ses traits taillés à la serpe, ses cheveux tirés dans une natte du même blanc que le sosie de Legolas, et je me demandai s'ils avaient un lien de parenté, frère et sœur, peut-être. Son corps était tout en courbes et en muscles fins. Et les hommes l'écoutaient lorsqu'elle parlait, la regardaient avec respect. Les deux cheveux argentés avaient les yeux gris, plus pâles que ceux de n'importe quel humain, et ils luisaient d'une intelligence affûtée. Elle me faisait plus peur que les hommes. Elle était plus petite qu'eux, mais si elle avait un rang plus important, c'était qu'elle devait être deux fois plus forte et plus violente.

Je ne me laissais pas berner par l'allure militaire de leurs uniformes et la discipline de leurs mouvements. Ils étaient loin d'être des militaires. Non, ils avaient un côté sauvage qui me mettait mal à l'aise. Étrangement, je me sentais un peu chez moi. Ils restaient juste en dehors de notre portée, leurs yeux toujours concentrés, sans jamais se laisser distraire. Ils étaient ultra-sérieux, très pros, et je le comprenais parfaitement. Exactement comme les bikers que mon frère avait fréquentés.

Mais ces enfoirés avaient causé sa mort. J'espérais que nous connaîtrions un destin meilleur, car je voulais passer plus de temps avec Bryn. Oui, j'étais dingue, et le picotement de mes fesses le prouvait. Il m'avait donné la fessée, ce qui m'avait déjà beaucoup surpris, mais le fait d'avoir *aimé* la façon dont il m'avait dominée expliquait pourquoi j'étais prête à toutes ces folies. D'accord, j'aimais sa possessivité et son côté autoritaire avec moi, mais je ne m'étais pas attendu à avoir les fesses qui chauffent. Ni à ce qu'il m'avait fait ensuite.

Lorsque je l'avais appelé, que j'avais attendu qu'il me trouve sur sa petite couchette, j'avais espéré qu'il me revendiquerait enfin. Bon, d'accord, j'aurais bien aimé qu'il me lèche à nouveau, mais je savais ce qui m'attendait ensuite. Je n'étais pas tout à fait innocente, mais j'étais vierge. Et l'Officière Treva nous avait expliqué l'ordre sacré des trois. Bryn était censé me prendre par derrière la prochaine fois. Mais lorsqu'il avait exploré cette zone quand je m'étais retrouvée allongée sur ses genoux dans une position si... soumise ? La dynamique entre nous avait changé.

J'avais été excitée au possible et impatiente de jouir, quelle que soit la façon d'y parvenir. Non, ce n'était pas exact. J'avais joui justement *à cause* de la façon dont il m'avait allongée sur ses genoux et avait dominé mon corps. J'avais aimé son côté autoritaire. Je ne tolérais pas la faiblesse, pas chez mon homme. Mais la véritable révélation pour moi, ça avait été mon désir d'être contrôlée par lui. Je voulais qu'il soit fort. Impatient. Dominateur. Je voulais qu'il soit assez sauvage pour me conquérir, qu'il me plie à sa volonté, qu'il me fasse me sentir faible, petite et protégée. Dans le cas contraire ? Et bien, autant m'occuper de moi toute seule — et cette idée me brisait le cœur, comme si je regardais dans le canon d'un fusil rempli d'une éternité de solitude.

Sur Terre, si des abrutis avaient essayé de se comporter comme des hommes des cavernes avec moi, mais je leur aurais mis la pâtée s'ils avaient été plus loin. Je leur aurais tiré dessus ou pire s'ils avaient osé me toucher ainsi. Mais avec Bryn ? Je me réjouissais du défi qu'il représentait. Serait-il à la hauteur des promesses qu'il venait de me faire goûter ? Serait-il assez doué ? Serait-il capable de me maîtriser totalement, ou me décevrait-il ?

Je ne m'étais pas doutée que mon corps frémirait sous ses doigts, que j'aurais envie de me soumettre. À lui. Au lit. Mais ce qui s'était produit quelques minutes plus tôt n'était que le début de notre danse. S'il me voulait, la *vraie* moi, il allait devoir gagner le droit de me revendiquer. Pas mon corps. Ça, il pouvait l'avoir quand il voulait. Je me consumais pour lui, mon sexe mouillé et impatient même en cet instant.

Mais mon âme m'appartenait. S'il la voulait, il allait devoir gagner ma confiance. Et malheureusement, ce n'était pas chose facile. J'avais vu trop de choses, perdu trop de gens. J'avais été abandonnée et trahie par tous ceux qui étaient censés m'aimer, et mes parents, même mon frère, avaient fini par mourir. J'avais construit un mur autour de mon cœur, par instinct de survie. Oui, j'avais des amies désormais, sur Everis, mais le rejet de Bryn m'avait fait mal. Très mal. Même s'il avait pensé le faire pour mon bien.

Oui, je voulais toujours qu'il me séduise, qu'il revendique mon corps. Mais pour l'instant, c'était tout. J'avais espéré, pendant cinq minutes, qu'il serait différent. Mais ensuite, il s'était éclipsé hors du lit, comme les hommes que j'avais connus l'auraient fait. Je ne pouvais pas lui faire confiance.

Maudits soient mon cœur et la marque sur ma paume, qui m'avaient empêchée de l'abandonner à son destin. Il était mien, insistaient-ils. Je le protégerais rien que pour cette raison. Pour l'instant, ça me suffisait. Cette fessée était le premier indice qui laissait entendre que je comptais pour lui, qu'il y avait du feu et de la passion derrière ses yeux sombres. Un indice, mais ce n'était pas suffisant.

Ce qui était la raison pour laquelle le plaisir m'avait quittée et que j'avais remis mon pantalon. Je ne me laisserais pas faire par ses manières autoritaires. Il avait besoin de moi, même s'il ne voulait pas l'admettre. Ses intentions honorables entraîneraient sa mort.

Les habitants de Rogue 5 étaient comme les gens que j'avais connus sur Terre. Ce qui signifiait que c'était mon rôle de protéger Bryn, que ça lui plaise ou non. Nous formions une équipe.

Nous traversâmes des couloirs métalliques luisants décorés de carrés peints de toutes les couleurs de l'arc-en-ciel. Il ne semblait y avoir aucune logique à cette fresque, à part la signature de l'artiste en rouge dans le coin inférieur du mur.

Je me demandai si les noms étaient écrits avec du sang.

4

*K*atie

Nous nous arrêtâmes devant une double porte, qui coulissa pour révéler une grande salle de réunions. Elle faisait la taille d'une petite salle de cinéma terrienne, et un homme se tenait au fond, entouré par des armes et des soldats, tous revêtus d'armures. Ils étaient tous armés — et pas avec des petits pistolets que les Everiens fixaient à leur cuisse. Ils étaient tous très sérieux. Tous les hommes de la pièce étaient parfaitement concentrés sur ce qui se passait autour d'eux, comme s'ils pouvaient sentir d'où nous venions avant de nous voir. Et à mes yeux, ils se mouvaient comme des prédateurs. Ces types étaient entraînés, disciplinés, et ils savaient comment se tenir.

Ouais. Tenter de se faufiler sous le nez de ce mec et de sa légion aurait été une grossière erreur.

Le connard chauve derrière Bryn le poussa au centre de la pièce, où l'on avait placé deux chaises.

— Asseyez-vous, aboya-t-il.

Bryn plissa les yeux, mais j'obéis et m'assis en adressant

un sourire chaleureux à l'homme qui s'avançait vers nous. Et je n'avais pas besoin de faire beaucoup d'efforts. Il était sublime. Grand, ténébreux et beau étaient des mots trop faibles pour le décrire. Il ressemblait à... bon sang, il ressemblait à Joe Manganiello. Des cheveux noirs, une barbe de trois jours. Une mâchoire carrée. Des yeux verts perçants. Son corps était une œuvre d'art.

Le grognement que poussa Bryn à côté de moi m'arracha à ma contemplation. J'étais bel et bien en train de le mater, car ce type était fascinant. Sauvage, un vrai bad boy alors qu'il n'avait même pas dit un mot. J'étais persuadée que toutes les femmes du coin devaient se jeter à ses pieds.

En fait, c'était mon devoir envers toutes les femmes de l'univers de le mater. Je me rappelai ce que Bryn m'avait dit sur les morsures d'Hypérions. Leur venin plongeait les femmes dans des sortes de chaleurs, les rendait folles et accros au sexe.

En voyant ce type, je n'arrivais pas à être aussi contre cette idée que je l'aurais dû. Styx ne montrait pas ses dents, alors je ne voyais pas s'il avait des crocs, mais il ne ressemblait pas à un hybride dégénéré, mi- animal mi- extraterrestre, même si je n'en avais encore jamais vu.

Bryn poussa un nouveau grognement, et je tournai la tête. Le regard qu'il me jetait n'était pas le regard nonchalant et je-m'en-foutiste de Styx. Bien sûr, c'était le territoire de Styx, et c'était lui qui décidait du règlement, au moins pour cette légion. Mais Bryn avait l'air d'être celui qui décidait du règlement pour moi. Ses yeux sombres criaient *mienne,* et lorsqu'il plaça une main possessive sur mon épaule et me tira vers lui, son geste me le confirma.

Je n'étais pas attirée par Styx comme le croyait Bryn. Bon d'accord, je l'étais. J'avais des ovaires et des yeux. Mais, il ne m'intéressait pas. Je voulais Bryn. J'avais eu son sexe en bouche, l'avais sucé comme ma friandise préférée. J'avais écarté les cuisses pour lui et lui avais demandé de me baiser. Je n'avais jamais fait ça pour un homme sur Terre. Seulement pour lui. Imaginer Styx me toucher, me lécher ou me sucer les tétons... c'était excitant, mais ça me mettait mal à l'aise. C'était... *écœurant*. J'étais persuadée qu'il savait s'occuper d'une femme, mais je ne me sentais pas à l'aise. En sécurité. Protégée. Je *désirais* Bryn de tout mon cœur, de toute ma marque.

Mais vu la façon dont je bavais devant notre hôte, il n'aurait pas pu s'en douter. Lorsque Bryn serra les dents au point que ses molaires risquent de finir en poudre, je ne pus m'empêcher d'avoir un sourire en coin. Oui, je ne voulais que Bryn, mais ça ne voulait pas dire qu'il fallait qu'il le sache. Si je voulais qu'il me baise — enfin —, alors une pointe de jalousie pourrait m'aider à le faire céder.

Le pouvoir que j'exerçais sur mon compagnon me submergeait. Il me désirait et se montrait sacrément honorable. Cela ne le rendait que plus séduisant à mes yeux. Mais une femme avait des besoins. Je voulais des orgasmes, et je voulais qu'ils viennent de lui. J'adorais qu'il me lèche, mais je voulais son sexe. Je voulais savoir ce que ça faisait d'être étirée par lui jusqu'à ce que je crie de désir, de douleur et d'excitation. Je voulais être revendiquée, avoir ma place.

Alors si pour cela il fallait que je laisse Bryn jouer les hommes des cavernes, pas de problème. Avec un dernier petit sourire, je me tournai de nouveau vers Styx.

Lorsque d'autres hommes envahirent la grande pièce, j'observai les alentours.

Un grand espace ovale. Un énorme bureau, qui me laissait penser que nous nous trouvions dans le bureau de Styx. Pas de chaise, à l'exception de celles sur lesquelles nous étions assis. Le sol était couvert d'un tapis brodé de motifs argentés et noirs délicats, alors au moins, s'ils nous tuaient, ils ne le feraient pas ici. Si c'était le plan, il aurait au moins mis une bâche par terre, non ?

Tous les sous-fifres de Styx portaient le même uniforme, avec une bande argentée autour du biceps, ornée de deux marques, l'une pour la légion de Styx, et l'autre ? S'il fallait que je devine, j'aurais dit qu'elle indiquait leur rang.

La femme et son frère aux cheveux d'argent — ils se ressemblaient trop pour ne pas être de la même famille — portaient la même bande et étaient visiblement des gens de confiance pour Styx, car ils se trouvaient chacun d'un côté de leur chef.

La pièce était assez grande pour contenir au moins une vingtaine d'hommes, alors avec la grosse dizaine de personnes qui occupaient la pièce, les lieux auraient pu paraître à moitié vides, sans les armes pointées non pas sur Bryn, mais sur moi.

Je balayai la pièce du regard, et je souris en tournant de nouveau les yeux vers notre hôte. Il savait déjà que j'étais la clé pour contrôler Bryn.

— J'ai l'air si dangereuse que ça ?

Styx m'adressa un grand sourire, et l'intérêt dans ses yeux évolua subtilement, car j'avais refusé de montrer la moindre peur.

— Absolument.

Cela me fit sourire sincèrement. Lorsqu'il me sourit en retour, Bryn poussa un grognement.

— Ne l'approchez pas. Elle n'a rien à voir avec ça.

Styx tourna son attention sur Bryn, et je devais bien admettre que je respirais avec plus de facilité sans le regard perçant de notre hôte sur moi. Styx avait des yeux qui semblaient vous transpercer l'âme. Il était encore plus dangereux que ce que j'avais craint.

— Je ne suis pas d'accord. Elle est ici.

— Laissez-la tranquille.

Bryn se crispa dans sa chaise, mais le Legolas aux cheveux d'argent situé près de Styx sourit, dévoilant des *crocs,* et pointa son arme vers la tête de Bryn.

— Attention, Chasseur.

Bryn plissa les yeux, et je m'enfonçai dans ma chaise, les bras croisés. J'en avais marre de ces hommes qui jouaient les coqs.

— Messieurs, est-ce qu'on pourrait arrêter de se frapper la poitrine comme des animaux et parler business ?

Styx étira les lèvres. Je le vis, et je haussai un sourcil de défi lorsqu'il quitta Bryn des yeux pour me regarder.

— Chasseur, vous êtes le troisième. Même si je dois bien admettre qu'il est plus intéressant de vous trouver vivant.

Bryn se tendit.

— Alors les autres sont morts ?

— Oui.

Styx leva une main pour se prémunir d'une réaction de la part de Bryn, et reprit :

— Pas à cause de moi, Chasseur. Leurs corps ont été découverts dans les creux.

— Les creux ? Qu'est-ce que c'est ? demandai-je.

Le regard de Styx se reposa sur moi — et devint bien plus chaleureux.

— Les creux sont une zone souterraine de la base, où ont lieu les transactions plus... délicates.

Délicates ? J'eus un grognement amusé et je croisai les bras. Ouais, c'est ça.

Styx retourna son attention sur Bryn.

— Que faites-vous ici ? Personne ne vient sur Rogue 5 sans une bonne raison.

Sa voix était grave, presque rocailleuse. Il avait beau s'adresser à Bryn, je remarquai que ses yeux se reposaient sur moi. Bryn me tira davantage vers lui, ce qui signifiait que lui aussi l'avait remarqué.

— Et vous m'apportez un cadeau, en plus.

— Ce n'est pas un cadeau. Elle est à moi.

Ouais, Bryn était bel et bien jaloux. Je ne l'avais encore jamais entendu parler d'une voix si sèche.

Le regard de Styx me balaya de la tête aux pieds dans un examen minutieux, trop lent pour être autre chose que sexuel. J'ignorais s'il me trouvait véritablement à son goût, mais il venait de signifier à Bryn que je risquais toujours d'être prise pour un cadeau.

— Alors vous êtes bien bête, Chasseur, de l'amener ici.

Styx haussa un sourcil noir et croisa les bras sur sa poitrine large.

Bon sang. Ces hommes étaient ridicules. Je me penchai en avant sur ma chaise.

— Écoutez-moi bien. Personne ne me dit ce que je dois faire.

Styx se tourna vers le diable argenté situé à côté de lui et hocha la tête dans ma direction. L'homme posa son arme sur le bureau géant de Styx et s'approcha de moi. Lentement.

— Je suis Lame.

— Katherine.

Il s'agenouilla au sol devant moi et se pencha en avant dans un mouvement étrangement hypnotique. Je ne savais pas ce qu'il fabriquait, jusqu'à ce que son nez se balade au-dessus de mon genou, puis plus haut, en direction de mon sexe.

Bryn se trémoussa sur sa chaise, mais deux grandes mains se posèrent sur ses épaules pour le maintenir en place alors que j'étais... inspectée.

À moitié animal ? Un hybride ? Mmm ouais. Et sacrément sexy. Si je n'avais pas déjà été aussi absorbée par Bryn, ces mecs m'auraient carrément intéressée.

Lame inspira profondément, et un soupçon de frisson parcourut sa peau. Je le remarquai. Et Bryn aussi.

— Elle est intacte.

Intacte, mais mon sexe était toujours mouillé après ce que Bryn m'avait fait avant notre atterrissage. Je pouvais comprendre qu'il s'en soit rendu compte, mais comment avait-il découvert que j'étais vierge ? Je l'ignorais.

Ses yeux argentés soutinrent les miens alors qu'il se relevait, un peu plus lentement que nécessaire, et puis il s'éloigna de moi pour reprendre sa place aux côtés de Styx, qui souriait franchement.

— Et bien, Chasseur, on dirait que vous n'avez pas encore revendiqué cette beauté.

— Elle est mienne.

Sa soudaine déclaration passionnée me donna envie de lever les yeux au ciel. Je m'étais jetée sur lui. L'avais supplié de me baiser. Sans résultat. Et maintenant ? Et bien, maintenant, il était trop tard, et l'un de ces types bizarres venait de me renifler l'entrejambe et de déclarer que j'étais vierge. Le terrain devenait miné. Apparemment, quelle que soit votre planète d'origine, les hommes n'aimaient pas que l'on renifle leurs compagnes.

Je m'éclaircis la gorge.

— Écoutez, vous avez un problème, Styx. Et nous sommes là pour vous aider à le résoudre.

— Et quel est ce problème ?

Bryn répondit :

— Un assassin everien se cache au sein de votre légion. Il a abattu un membre des Sept. A assassiné son épouse et ses deux jeunes fils. Il a laissé un bain de sang derrière lui, et une piste qui remonte jusqu'à votre lune.

Les yeux vert clair de Styx foncèrent jusqu'à prendre une couleur de mousse, ses traits se durcirent et toute trace d'amusement s'envola. Non. Il n'était pas au courant. Bien.

Les affaires reprenaient. Je me redressai dans mon siège et attendis d'avoir toute l'attention de Styx.

— Bryn est un Chasseur. Il est là sur ordre des Sept pour traduire le tueur en justice.

— Et vous ?

— Je suis là pour la récompense, sa tête est mise à prix.

Styx rejeta la tête en arrière et éclata de rire, un son grave et contagieux.

— Vous êtes une sacrée, Katherine de la Terre.

— Vous n'imaginez pas à quel point.

Cette fois, mon sourire était sincère.

— Nous sommes venus ici par respect, pour vous demander la permission de chasser sur votre territoire.

J'attendis que toute trace d'humour ait disparu de ses yeux avant de poursuivre :

— Si vous refusez, nous regagnerons notre vaisseau et nous partirons. Si vous nous tuez, d'autres Chasseurs seront envoyés.

Je levai le menton en direction de Bryn et ajoutai :

— Bryn est un Chasseur d'Élite, envoyé par les Sept. S'il ne revient pas, d'autres suivront, et ils ne seront pas seuls.

Styx se tourna vers Bryn.

— Quel est le montant de la récompense pour cette cible ?

Bryn lui donna un prix qui ne m'évoquait absolument rien, mais qui fit se crisper Lame et qui arracha un sifflement aux gardes situés derrière moi. Styx ne laissa rien paraître.

— De combien de temps avez-vous besoin, Chasseur ? Pour attraper votre assassin ?

— Deux jours.

Styx sourit.

— Je vous en donne trois. Argent sera votre guide et vous aidera à mettre la main sur ce tueur.

— Merci.

Dieu merci, Bryn savait qu'il valait mieux ne pas argumenter. Mais Styx n'avait pas terminé.

— Mon aide n'est pas gratuite, dit-il en se tournant vers moi, et je fronçai les sourcils. Quand l'assassin sera en cage, vous aurez deux choix, Chasseurs.

Styx s'avança vers moi d'un pas silencieux. Une fois face à nous, il leva une main vers ma mâchoire et me caressa lentement le visage avec ses doigts. D'un geste si doux qu'il masquait presque son regard meurtrier.

— Attrapez-le. Et quand vous l'aurez fait, vous devrez choisir. Me donner la prime... ou elle.

— C'est ma Compagne Marquée.

Styx tourna les yeux vers moi, et je soutins son regard. Reculer maintenant serait du suicide.

— C'est aussi votre choix. Croyez-vous en votre Chasseur ?

Je ravalai la boule que j'avais dans la gorge.

— Oui.

Ce n'était pas un mensonge.

— Alors, acceptez ce marché. Trois jours. S'il attrape l'assassin, je collecterai la prime et vous pourrez partir ensemble. Sinon... vous resterez ici et me laisserez une chance de gagner votre cœur.

Son pouce toucha ma lèvre, et je restai parfaitement immobile, craignant que le moindre mouvement déclenche les foudres de Bryn, malgré les larges mains qui le maintenaient toujours sur sa chaise, malgré la pièce pleine d'armes pointées sur nous.

— Je vois une flamme en vous, Katherine. J'adorerais l'explorer. Découvrir ce que vous aimez, ce qu'il vous faut. Lame pourrait peut-être vous baiser sous mes yeux ? Peut-être qu'on pourrait vous prendre ensemble.

Son pouce s'attarda, mais ses yeux quittèrent mes lèvres pour se plonger dans mon regard.

— Si vous aimez aussi les femmes, on pourrait aussi partager ça, ajouta-t-il.

Il se pencha, au point que nos lèvres se touchent presque, et il souffla ses mots suivants dans ma bouche :

— À moins que tu aimes la douleur, ma jolie ? Tu veux que je t'attache dans mon lit, que je morde ta peau tendre et que je te fasse crier de plaisir ?

— Ça suffit.

Les yeux de Bryn avaient changé. Ils rougeoyaient et projetaient des ondes menaçantes.

— Touchez-la encore, et personne ne quittera cette pièce en vie.

Styx éclata de rire, mais recula en haussant les épaules.

— Trois jours. Mais, elle doit rester non revendiquée, Chasseur. Il est trop tard pour la prendre maintenant. Si vous la baisez, je le saurai. Je sentirai votre puanteur sur sa petite chatte sucrée, et je vous tuerai tous les deux.

Bryn secouait la tête, mais je savais où tout cela allait mener. Styx nous avait coincés. Bryn n'était pas là pour la récompense. Ou en tout cas, il n'en avait jamais parlé. J'étais certaine qu'il n'était pas capable de m'abandonner pour une récompense. Pour lui, c'était une question d'honneur, il servait son peuple.

Styx était un mercenaire pur et dur. Impitoyable. Vénal. Le genre d'ordure dont j'avais l'habitude. Mais il avait de l'honneur, à sa façon. Il suivait ses propres règles, mais il tiendrait parole. Je n'en doutais pas.

— C'est d'accord, dis-je avant que Bryn ne puisse protester.

Styx tourna la tête sur le côté, et Lame approcha. Alors qu'ils chuchotaient, j'étudiai leur relation. Cet homme était son bras droit. Il me jeta un regard, puis détourna les yeux et hocha la tête.

Ses cheveux pâles étaient longs et attachés dans la nuque, bien que des mèches s'en soient échappées et se balancent alors qu'il parlait. Pourquoi fallait-il qu'il ressemble à ce fichu elfe ? Styx et Lame étaient tous les deux de parfaits spécimens masculins. Le poivre et le sel. La nuit et le jour. Des opposés, et je ne pouvais qu'imaginer me retrouver au milieu.

Au milieu ? Je me tortillai en réalisant que j'étais en train de fantasmer sur ces deux hommes. Y avait-il quelque chose dans l'air ? Des phéromones ? Je n'avais encore jamais fait l'amour, et je commençais déjà à m'imaginer un plan à trois. Mais c'était inévitable, après que Styx avait parlé de m'attacher à son lit et de me mordre.

J'avais beau détester l'admettre, le fait qu'un homme aussi sexy cherche à me séduire et qu'il me désire m'enivrait. Ses compliments et son intérêt pour moi faisaient du bien à mon ego fragile. C'était toujours Bryn que je voulais, mais il était agréable de ne pas être le vilain petit canard, pour une fois.

Lame porta la main à son oreille, et je réalisai qu'il recevait une transmission. Il chuchota à l'oreille de Styx, son regard brûlant braqué sur moi alors qu'il parlait si bas que je n'entendais absolument rien.

Lame se leva, et Styx se tourna vers nous.

— Nous avons une piste sur votre criminel, Chasseur. Je crois que son nom est Garvos ?

Bryn tremblait de rage.

— Vous le saviez déjà.

— Évidemment. Pourquoi est-ce que vous croyez que je vous ai envoyé cet informateur sur Everis ?

Le sourire de Styx était le mal à l'état pur, cette fois. Il s'était joué de nous.

— Mais je ne m'attendais pas à ce que vous me rameniez une si belle surprise, ajouta-t-il.

Moi. C'était de moi qu'il parlait.

— Elle est à moi, insista Bryn.

Le sourire de Styx me fit frissonner.

— Pour l'instant.

5

Il se tourna vers la femme.

— Argent, conduis nos invités à leur chambre, s'il te plaît.

— Nous resterons dans la navette, dit Bryn en repoussant les hommes qui lui maintenaient les épaules pour se lever.

— Oh, je ne crois pas. Votre navette a été déplacée en attendant la fin de votre Traque.

— Enfoiré.

Styx me tendit la main, comme un vrai gentleman. Je plaçai ma main dans la sienne et le laissai m'aider à me mettre debout.

— Oui, c'est tout moi, dit Styx. Et je sais ce que je veux, Chasseur. La prime... ou ça.

Il posa les lèvres sur le dos de ma main, et ses crocs effleurèrent ma peau alors que je me tenais parfaitement immobile. Lorsqu'il leva la tête, son regard se plongea dans le mien.

— Partez avec Argent. Mangez. Reposez-vous. Votre Chasse commencera dans trois heures.

C'était pratiquement un combat de coqs, avec moi comme récompense. La salle pleine d'hommes dominateurs était étouffante. Et si Bryn échouait ?

Je ne pouvais pas l'envisager. Et pourtant, je ne pouvais pas ne *pas* y penser. Bryn avait pris le contrôle et m'avait fessée pour me punir de m'être faufilée à bord de son vaisseau. Que ferait Styx à sa compagne ? Donnait-il des fessées ? Était-il dominateur ?

Je le regardai. Évidemment que oui.

J'aurais dû avoir peur. Et si Bryn décidait de les combattre ? Et s'il cédait à ses instincts de Chasseurs, ceux que j'avais vus brûler dans ses yeux ? Et bien, les choses pourraient très vite mal tourner. Douze contre un, ce n'était pas un bon pronostic. Je ne pourrais pas me battre contre ces types. Je ne pourrais même pas me battre contre Bryn seul. Je m'étais retrouvée sur ses genoux en un mouvement de son poignet, et son intention n'avait pas été de me faire du mal, seulement de me faire comprendre qui était le chef dans notre relation.

Ah.

Je regardai Styx en plissant les yeux. Je l'examinai comme il m'examinait. Je ne m'étais jamais trouvée moche, mais pourquoi voudrait-il d'une femme originaire d'une autre planète ? D'une étrangère ? Bon, dans le cas de Bryn, c'était logique, car nous étions des Compagnons Marqués, mais Styx n'avait aucune raison de me vouloir — sauf s'il n'y avait aucune femme sur Rogue 5 — de me vouloir moi. Jouait-il les enfoirés simplement pour embêter Bryn ?

Oh, que oui, il voulait déstabiliser Bryn. Ça, c'était évident. Et pas étonnant. C'était le territoire de Styx, et il pissait pratiquement dessus pour montrer qui était le chef. Mais il y avait un intérêt sincère de sa part. Il s'était... *attardé* sur ma peau. J'ignorais quelle femme finirait un jour dans son lit, mais bon sang.

Je doutais qu'elle soit pressée d'en sortir.

— Donnez-moi votre parole que vous ne la toucherez pas pendant que je chasserai, répondit Bryn, son ton aussi tranchant que la lame d'un couteau et aussi vif qu'une flèche.

Styx sourit, ses dents d'un blanc éclatant. Et sans crocs. Mmm. Mordaient-ils vraiment leurs compagnes ? Son bras droit se pencha de nouveau vers lui pour lui parler. Il hocha la tête, puis plia le doigt dans ma direction.

— Bien sûr.

Bryn tendit un bras devant moi pour m'empêcher d'aller vers Argent, qui nous attendait près de la porte. Maintenant que le marché était conclu, j'avais envie de me tirer d'ici. J'avais les nerfs en pelote. Tout cet étalage de testostérone me fatiguait. Styx regarda le geste de Bryn.

La marque. Il cherchait la marque. Il était malin. Très malin. Il devait connaître des choses sur les Everiens, sur les marques qu'ils avaient à la main, sur leurs rituels d'accouplement. D'accord, Bryn était un gentleman et aurait sans doute protégé n'importe quelle femme. Mais là, il se comportait comme un homme des cavernes. Non. Il se comportait comme un Compagnon Marqué, et Styx le mettait à l'épreuve.

La question était : Styx était-il sérieux dans sa tentative ? Voudrait-il nous séparer coûte que coûte ? Me garder pour lui ?

Le regard sauvage dans ses yeux alors qu'il laissait retomber ses doigts qui glissaient entre les miens dans une caresse trop intime disait que oui.

S'il me voulait, il m'aurait... et il ferait en sorte que ça me plaise.

— Ne t'en fais pas, Katherine. Je te promets que quoi qu'il arrive, on s'occupera bien de toi.

Bryn poussa un grognement et me tira contre lui.

Le regard intense de Styx me brûlait la nuque alors que nous suivions Argent, accompagnée d'une demi-douzaine de gardes armés, en dehors de la pièce.

————

À l'instant où la porte se referma en coulissant derrière nous, un verrou s'enclencha, le son fort et reconnaissable entre mille.

— Connard arrogant, dit Bryn en se détournant de la porte et en regardant autour de moi, comme j'étais en train de le faire.

Nous nous trouvions dans une suite qui aurait fait rougir les plus beaux hôtels du monde. Des tapis épais et moelleux venaient à la rencontre de mes bottes, si lourds et denses que marcher dessus était comme marcher dans du sable. Les murs étaient ornés de statues et de tableaux, de peintures représentant des paysages inconnus et ceintes de cadres d'or. Au centre de la grande pièce se trouvait un lit gigantesque, assez vaste pour accueillir trois ou quatre personnes. Il était couvert de draps bleus et argentés qui scintillaient comme de la soie.

À côté du lit, en deux piles nettes, étaient posées toutes nos affaires, tout ce que j'avais réussi à introduire sur le vaisseau était posé sur le sol. Je repérai la petite boîte que j'avais prise dans ma suite sur la Pierre Angulaire, quand j'avais été si sûre de moi, si impatiente de m'en servir.

À présent ? Je réalisais que j'avais peut-être fait une bêtise en suivant Bryn ici.

— Tu n'aurais pas dû venir.

Je poussai un soupir. Apparemment, Bryn pensait exactement la même chose.

— Si je n'étais pas venue, il n'y aurait pas eu d'accord. Tu aurais tenté de te faufiler sous son nez, et tu aurais fini mort, comme les deux autres Chasseurs.

Il grogna, mais ne détacha pas ses yeux de moi.

— Peut-être.

Il serra les poings, les yeux toujours brûlants.

— Mais, il ne te touchera pas, Katie. C'est bien compris ?

Bon sang. J'avais envie qu'il réagisse, qu'il me revendique, qu'il fasse *quelque chose*. Mais soudain, lui forcer la main ainsi me donna l'impression d'être mesquine. Il ne voulait pas de moi très bien. Il ne voulait pas me revendiquer ? Pas de problème. Nous étions dans une sacrée pagaille, là, et il ne pouvait pas me toucher de toute façon, pas avec Lame, le renifleur d'entrejambe, prêt à détecter l'odeur du sperme de Bryn dans mon sexe — ce qui était répugnant. Qui sait ce que ferait Styx en l'apprenant ?

Nous tuerait-il vraiment tous les deux ?

Je doutai de m'en sortir aussi facilement. Non. J'avais déjà vu ce regard dans les yeux d'un homme. Il tuerait Bryn et me prendrait quand même.

J'avais dû mettre trop de temps à répondre. Je n'étais même pas sûr que ce qu'il avait dit appelait une réponse. Bien sûr que Styx ne me toucherait pas. Il avait donné sa parole, et pour une raison étrange, je savais qu'il s'y tiendrait.

— Par le Divin, Katie. Réponds-moi. C'est. Bien. Compris ?

D'un geste tellement rapide que je le vis à peine bouger, Bryn bondit, me ramassa et me jeta par-dessus son épaule.

Je ruai et battis des jambes, lui donnai des coups de poings dans le dos, mais pour toute réponse, il abattit sa main sur mes fesses alors que je tentais de descendre de son épaule. Il m'avait fessée. Fort. J'étais déjà sensible, et la douleur de cette tape me donna les larmes aux yeux. Il n'y avait aucune douceur, tendresse ou taquinerie de sa part. Il était en colère. Furieux contre moi.

J'étais vraiment tordue. J'accueillais cette douleur à bras ouverts. Elle me faisait me sentir vivante. Elle m'embrasait, d'autant plus que je n'avais pas encore récupéré après la fessée précédente. J'en voulais plus. J'avais besoin qu'il me domine. Sans son contrôle, je ne me sentais pas en sécurité.

En fait, je ne m'étais jamais sentie en sécurité de ma vie. J'avais été pleine de panique et de peur jusqu'à ça, jusqu'à ce que sa main ferme sur mes fesses apaise mon âme, même si elle n'empêchait pas mes poings de lui marteler le dos. Mais ça, je n'avais pas l'intention de le lui dire.

S'il me voulait, s'il voulait vraiment me posséder, corps et âme, il allait devoir le mériter. J'en avais assez de me donner librement. Assez de faire confiance. La Gardienne Égara avait dit que je pourrais recommencer à zéro, avoir une nouvelle vie. C'était une menteuse.

Rien n'avait changé. Les hommes restaient des hommes. Les connards restaient des connards. Les criminels étaient les mêmes, qu'ils vendent de la drogue dans les ruelles de Cleveland ou qu'ils négocient des primes sur la lune d'Hypérion. Et les types comme Bryn ? Le héros qui me faisait fantasmer ?

Je n'étais pas sûre qu'il existe vraiment.

Cette triste prise de confiance calma mes protestations alors que Bryn me jetait sur le lit sans douceur. Je rebondis une fois et atterris sur les genoux, puis je le regardai faire les cent pas au pied du lit, beau comme un dieu. Je balayai les mèches de cheveux qui me tombaient sur le visage afin de voir ses yeux plissés, sa mâchoire tendue. Il respirait aussi fort que moi, mais ses yeux avaient repris leur couleur habituelle.

Était-ce bon signe ? Mauvais signe ? Et pourquoi étais-je si à la ramasse, quand il était question de lui ? Il allait me faire perdre la boule. Et c'était quelque chose qui ne m'était pas arrivé depuis mes six ans.

— Tu es fou ? m'écriai-je en me frottant la fesse.

N'étais-je pas une vraie cochonne ? Sa brutalité m'avait rendue toute mouillée.

— Moi ? C'est toi qui t'es glissée sur le vaisseau. C'est toi qui as flirté avec un seigneur hypérion.

C'était à mon tour de plisser les yeux.

— Je n'ai pas *flirté* avec lui.

Il croisa les bras sur sa poitrine.

— Ah bon ? Il était sur le point de te mordre, putain. Il avait ses crocs sur ta peau. Tu réalises ce que ça veut dire pour un Hypérion ?

— La même chose que ça, j'imagine.

Je lui montrai ma paume, la paume qui brûlait et pulsait de mon désir pour mon compagnon. Mon compagnon furieux.

— S'il t'avait mordue, avait laissé son venin pénétrer ta chair, tu lui aurais appartenu. C'est ce que tu veux ?

— Quoi ? Non ! Bien sûr que non. C'est pour ça que je suis là, imbécile. Parce que c'est toi que je veux.

Il soupira.

— Tu aurais dû rester sur Everis. Tu es imprudente. Dangereuse, dit-il en arpentant la pièce tout en se frottant la nuque. Je peux peut-être t'exfiltrer, te renvoyer à la maison.

— Ils ont volé notre navette, gros malin.

Il se tourna vers moi avec un rugissement.

— Ça aussi, c'est ta faute, compagne. Tu m'as mis dans un pétrin pas possible.

C'en était trop. J'en avais ma claque. Ce jeu masochiste que je jouais avec moi-même ? Terminé.

— Très bien. Tu veux que je m'en aille ? Je m'en vais. Va chercher Garvos. Tue-le comme le Chasseur d'Élite que tu es. Je resterai ici bien sagement à divertir Styx et ses sous-fifres en t'attendant. Mais quand ce sera terminé, c'est fini. Fini entre nous. Tu me ramèneras sur la Pierre Angulaire et je choisirai quelqu'un d'autre. Peut-être même que j'accepterai l'offre de Styx, va savoir. Au moins lui, il veut de moi.

Bryn s'arrêta net, tel un vrai prédateur.

— Qu'est-ce que tu viens de dire ?

Oh, j'étais en terrain miné, mais tous mes systèmes d'alerte internes semblaient être cassés.

— J'ai dit que je resterai peut-être ici et que je laisserai Styx m'attacher à son lit et me baiser. Me fesser. Me faire crier, supplier et...

Bryn se jeta sur moi si vite que je n'eus pas le temps de terminer ma phrase.

— Il ne te touchera pas, compagne.

— Je ne t'appartiens pas, Bryn.

— Si. Bien sûr que si, gronda-t-il, les yeux de nouveau rougeoyants.

Il m'avait coincé les mains au-dessus de la tête, son corps sur le mien. Si je n'avais pas été si en colère, j'aurais levé les hanches, me serais frottée à lui, en manque de son contact, de sa chaleur, de son poids. Au lieu de cela, tout ce que je voulais, c'était une dispute.

— Tu es sérieux ? demandai-je, en me demandant s'il n'était pas fou. Je t'ai supplié de me baiser, de me revendiquer. Je t'ai supplié de le faire. Je t'ai draguée. Je me suis déshabillée et je me suis glissée dans ton lit. Je me suis jetée sur toi, et tu as quand même refusé de me revendiquer. Je ne suis pas ta compagne, Bryn. Plus maintenant. Je ne suis plus rien pour toi. C'est fini.

— Si j'ai refusé de te revendiquer, c'est parce que j'avais déjà accepté cette mission. Avant de te rencontrer. Et quand j'ai su que tu existais, il était trop tard. Je ne peux pas refuser les missions des Sept.

— Et alors ? Me revendiquer ne t'aurait pas empêché de venir ici, de tuer ce type et de me rejoindre.

— Si, dit-il en secouant la tête, mais une partie de sa rage l'avait quitté, son corps était moins tendu contre le mien. C'était une mission suicide, Katie. Je ne savais pas si j'en sortirai vivant.

Je poussai un soupir.

— C'est justement pour ça que je suis venue.

— C'est trop dangereux, ici ! Tu es non accouplée, et n'importe lequel de ces aliens pourrait te revendiquer.

Je poussai un grognement caverneux. Comment arriverais-je à lui faire entendre raison ? Je me cambrai sous son corps et lui passai les jambes autour des hanches pour m'accrocher à lui dans une demande silencieuse.

— Alors, revendique-moi. Rends-moi tienne.

Ma paume me lançait comme si cette idée lui plaisait. Mon sexe aussi.

Il bougea pour m'enlever mon tee-shirt. Ses yeux se posèrent sur ma poitrine. Les sous-vêtements everiens ressemblaient à ceux que nous avions sur Terre. Mon soutien-gorge était noir, utilitaire, mais très efficace. Un peu comme un push-up. Je savais que mes seins étaient mis en valeur et que j'avais un sacré décolleté, alors je n'eus pas besoin de vérifier. Je me réjouis intérieurement lorsque le regard de Bryn se posa sur mes vallons moelleux et s'y attarda.

— Compagne, c'est un jeu dangereux. Tu me pousses trop.

Ses mots étaient prononcés dents serrées. Il avait déjà menacé Styx et m'avait grogné dessus comme un homme des cavernes. Je ne pouvais pas rater les contours nets de son sexe à travers son pantalon d'uniforme, un sexe pressé contre moi avec une chaleur torride. Il me désirait. Comme un fou, mais sa foutue maîtrise de lui-même... Je détestais ça. Et j'adorais ça.

— Tu es toujours habillé. Ta queue n'est pas en moi. Visiblement, je ne t'ai pas encore poussé à bout.

J'adorais qu'il me domine, qu'il me maîtrise. Ouais, je n'aurais pas dû aimer qu'on me donne des ordres. Je n'avais jamais aimé ça. Si un autre mec avait osé jouer les autoritaires avec moi, je lui aurais donné un coup de pied dans les couilles, mais Bryn ? Non, je voulais que son membre soit fonctionnel. Tout de suite.

Je me trémoussai et cambrai le dos pour que ma peau, mes seins se trouvent plus près de sa bouche.

Ses yeux sombres s'enflammèrent.

— La prochaine étape de la revendication, c'est la sodomie. Tu y as pensé ?

— Je ne pense qu'à ça, rétorquai-je.

— Ça allait de me servir de ton excitation pour jouer tout à l'heure et pour aider mes doigts à te pénétrer, mais ça ne marchera pas avec ma queue. Je te ferai mal.

Je laissai retomber mon dos sur le lit et me contentai de lui sourire. Il l'ignorait, mais il était adorable, même s'il était hors de question que je le lui dise. Il pensait à moi. Il pensait *toujours* à moi, même quand je n'étais pas d'accord. Comme maintenant.

— J'ai une solution, dis-je.

Je tordis mes poignets dans ses mains et il me relâcha pour que je puisse me retourner et attraper mon petit sac sur le sol. Il grogna lorsque je bougeai, en frottant mon intimité contre son sexe, mes jambes toujours passées autour de ses hanches alors que je le regardais par-dessus mon épaule.

Je fouillai dans le sac et en sortis la petite boîte que j'avais prise dans ma suite sur Everis.

— Tiens.

Il saisit la boîte. Elle était en métal noir, avec le symbole de la Pierre Angulaire dessus. Il s'assit sur ses talons et me laissa allongée devant lui. Il ouvrit le couvercle, regarda à l'intérieur, puis me regarda.

— Du lubrifiant. Tu en auras besoin pour revendiquer mon derrière, dis-je en levant le menton. Il y en a à l'intérieur, en plus d'autres trucs que je ne reconnais pas. Ça se trouvait dans ma chambre, sur la Pierre Angulaire. J'imagine que c'est pour aider à la revendication. Je sais que ce sont des *sex toys*, mais je n'en avais jamais vu de pareils.

Bryn sortit la langue pour se lécher lentement la lèvre inférieure.

— Si je ne savais pas que tu étais vierge, je me poserais des questions sur ton expérience des *sex toys*.

Je levai une main.

— Aucune. Je n'en ai aucune expérience. Mais je ne suis pas naïve. Je n'ai simplement jamais utilisé... ça, dis-je en indiquant la boîte, soudain un peu hésitante.

Bryn fouilla dans la boîte et en sortit le lubrifiant. Je savais ce que c'était. Une petite bouteille de liquide transparent. Il la jeta à côté de moi sur le lit. Ce faisant, la commissure de ses lèvres se releva, et tout son corps se détendit. Légèrement. Sauf son membre. Il avait même l'air d'avoir grossi davantage. Il fouilla de nouveau dans la boîte, et sortit d'autres objets, qu'il laissa également retomber sur le lit. Puis, il jeta la boîte et mon sac par terre avant de se retourner vers moi.

— Alors, compagne, nous devons respecter la requête de Styx et laisser ta chatte intacte. Heureusement, la prochaine chose à revendiquer, c'est ton cul. C'est ce que tu veux ?

Sa voix était grave. Sérieuse. Mon sexe se contracta, et ma peau devint brûlante.

Je hochai la tête. Comme il l'avait dit, les Hypérions sauraient s'il revendiquait mon sexe, mais ce n'était pas ce qui était prévu par l'ordre sacré des trois, de toute façon. Et pour la première fois de ma vie, j'avais envie de jouer selon les règles. J'avais aimé la façon dont l'Officière Treva nous avait expliqué l'ordre sacré lorsque nous étions arrivées sur Everis. J'aimais savoir que mon sexe était vu comme quelque chose de sacré, le dernier à devoir être revendiqué. J'étais du genre à violer les règles. Mais pas là. Ça, je voulais le faire comme il fallait. Je voulais compter. Pour lui. Je voulais que tout cela signifie plus qu'un petit coup vite fait, je voulais que cela signifie quelque chose pour lui.

— Je ne voulais pas que ça se passe comme ça, Katie.

Il posa une main sur ma joue, et je me laissai aller contre sa paume délicate. Ses mots me faisaient du mal, mais son contact était encore plus douloureux.

— Je ne te comprends pas, dis-je en fronçant les sourcils.

Je me sentais bête d'être pratiquement nue devant lui alors qu'il était habillé de pied en cap, alors je m'agenouillai tout près de lui et sortis sa chemise de son pantalon.

— Je te veux, Bryn. Je veux que tu me revendiques, et c'est la prochaine étape.

Il secoua la tête.

— Si je te revendique, et que je ne survis pas...

Il laissa retomber sa main sur sa cuisse, une douleur sincère dans les yeux.

Le changement de sujet me troublait, mais j'oubliai sa chemise et je passai les mains entre mes seins pour dégrafer mon soutien-gorge et le laisser glisser le long de mes épaules. J'étais torse nu devant lui. Je me fichais de son altruisme. Je me fichais de risquer de souffrir à l'avenir. Tout ce qui m'importait, c'était lui. Ici. Maintenant.

— Si c'est tout ce que tu peux m'accorder, Bryn, rien que
ça, je m'en contenterai.

— C'est la seule raison qui te pousse à vouloir faire ça
ici ? Maintenant ?

Il leva la main et caressa l'un de mes tétons avec le dos
de ses doigts. Il se mit immédiatement à pointer. Je cambrai
le dos et me pressai davantage contre ses doigts.

— Faire quoi ? Retirer mon soutien-gorge ?

— À me donner ta deuxième virginité, Katie. À me
laisser te prendre comme ça.

— J'en ai envie, ici et maintenant parce que j'ai envie de
toi. Je veux être tienne, Bryn. Pleinement.

Ça faisait sans doute un peu mal, mais si toutes les
femmes d'Everis le faisaient, c'est que ça devait être bon. Et
Bryn savait ce qu'il faisait, et je lui faisais confiance. Il
m'avait fait jouir avec sa bouche un nombre incalculable de
fois, et je ne doutais pas de sa capacité à me faire jouir à
nouveau une fois profondément enfoui en moi.

— Et si tu ne veux pas de moi, si tu refuses de me revendiquer... dis-je avec un haussement d'épaules pour cacher
ma peine. Alors il sera temps pour moi de passer à autre
chose. De trouver quelqu'un d'autre.

— Non.

Sa main retomba sur le lit, et ramassa deux anneaux de
métal. Ils tintèrent en s'entrechoquant. Il en manipula un,
qui s'ouvrit. Il me prit le poignet et me le passa. Un bracelet.
Je levai l'autre poignet pour qu'il puisse me mettre l'autre
anneau. Ils étaient froids contre ma peau, mais se réchauf-
fèrent bien vite. Ils étaient minces et légers.

— Ça ne sera pas facile pour toi, la première fois. Tu
devras m'obéir.

Je le regardai par-dessous mes cils et hochai la tête.

Il haussa un sourcil noir.

— Pourquoi est-ce que j'ai du mal à te croire ?

Il passa le pouce sur l'un des bracelets, et mes poignets se rejoignirent dans un tintement, comme attirés comme des aimants. Ce n'étaient pas des bracelets, c'étaient des menottes.

Je tirai sur mes liens. Il n'y avait aucun leste, et mon corps tout entier se figea d'impatience, d'avidité. Les bracelets n'étaient pas serrés (j'aurais facilement pu glisser un petit doigt entre le métal et ma peau) mais ils étaient impossibles à enlever. J'ignorais comment ils fonctionnaient ; je ne voyais ni boutons ni serrure. Rien. J'étais attachée, et pour répondre à cela, mon corps se contracta et mon sexe devint vide et douloureux.

Seigneur, j'espérais qu'il ne me faisait pas marcher. Je voulais qu'il me prenne comme ça. Vite et fort. Sans pitié ni excuses.

— En fait, je suis même *certain* de ne pas te croire, ajouta-t-il en examinant mes menottes. Elles t'aideront à te rappeler à qui tu appartiens, au cas où tu aurais des doutes.

Oh, il était en colère. Il laissait enfin sa rage transparaître, rien qu'un peu, et le frisson qui me parcourut l'échine était un pur péché. J'avais voulu le rendre fou. Lui faire perdre la tête en flirtant avec Styx. Et maintenant ? Que Dieu me vienne en aide, il était trop tard pour que je revienne là-dessus.

Mon compagnon me caressa et me pinça les tétons alors qu'il prenait la parole :

— Quand Styx t'a dit qu'il t'attacherait à son lit, qu'il te fesserait, qu'il te baiserait, qu'il te forcerait à le supplier... ça t'a plu. N'est-ce pas ?

— Non, mentis-je.

Cette fois, j'avais une moue boudeuse alors que je tirais sur les menottes. Mais je ne le regardais pas dans les yeux. J'en étais incapable. Il lirait en moi. Détecterait la vérité. Il me tordit les tétons juste assez pour m'arracher une exclamation, et mes cuisses se mirent à trembler. Tout mon corps frémissait alors que son comportement changeait. Il se tenait au-dessus de moi comme un conquérant, et cela faisait fondre mon corps tout entier. Il devenait faible. Malléable.

Tellement avide que j'avais honte de moi, mais je n'arrivais pas à empêcher la chaleur mouillée de monter entre mes jambes, tout comme je n'arrivais pas à empêcher mon pouls de battre la chamade ou ma respiration de s'emballer alors que l'air de la pièce devenait brûlant.

Je n'arrivais pas à réfléchir. À respirer.

Avec une main entre mes seins, il me poussa, et je tombai sur le dos. Je lâchai une exclamation, la sensation de chute était très étrange alors que mes mains étaient attachées devant moi. Mais le lit était moelleux, et mis à part le balancement de mes seins sous ses yeux, je ne subis aucune conséquence.

Bryn parlait alors qu'il m'enlevait mes bottes, puis mon pantalon et ma culotte.

— Tu es à moi, Katie. Tu comprends ?

— Pas encore.

Je le défiais sciemment. J'avais envie de lui dire, *sans déc'*, mais je doutais qu'il comprenne cette expression terrienne. En plus, je ne voulais pas montrer mon accord, ne pouvais pas me rendre aussi facilement. Je ne voulais pas qu'il soit trop sage. Je le voulais aussi sauvage et désespéré que je l'étais. Je voulais qu'il *ressente* des choses, qu'il arrête de se cacher. Qu'il admette qu'il était mien. Qu'il me désirait. Qu'il avait besoin de moi. Sinon tout ça, mon séjour en prison sur Terre, le pari risqué que j'avais fait en choisissant le Programme des Épouses Interstellaires, en le choisissant *lui*, serait gâché. Ridicule. Rien de plus qu'un souffle perdu et sans nom dans un ouragan.

— Tu es à moi. Et pas seulement au lit, compagne. Dans

tout. Ton corps. Ton rire. Tes joies et tes peines. Si tu veux que je t'attache pour te le prouver, je le ferai. Tu ne me regarderas plus jamais comme ça.

Quel homme des cavernes autoritaire et arrogant.

— Comme quoi ?

— Comme si je t'avais déçue. Blessée. Comme si je ne voulais pas de toi.

Il se pencha et m'embrassa lentement et révérencieusement juste au-dessus du cœur.

— Prouve-moi que j'ai tort, Bryn. Jusqu'à présent, tout ce que tu as fait, c'est me sortir des belles paroles et me repousser, dis-je en me tortillant. Je ne pense pas que Styx me repoussera. Il a l'air de savoir ce qu'il veut, lui, et de ne pas avoir peur de le prendre.

— Tu es mienne.

D'un geste sans précautions, il tira sur ma culotte, je me retrouvai nue devant lui, les poignets attachés, si excitée que je devais me concentrer pour ne pas frotter mes cuisses l'une contre l'autre afin de m'apaiser. Oui, oui, oui !

— Tu es tellement belle, putain, murmura-t-il en balayant mon corps des yeux. Tout ça est à moi, Katie. Tes seins, ta chatte.

Il me prit par les genoux et les écarta, pour m'exposer complètement. La lumière de la chambre était vive, et il pouvait tout voir. Mes boucles coupées court, mon excitation. J'étais trempée. Je le sentais sur ma chair gonflée, sur mes cuisses.

— Personne d'autre ne te touchera. Personne d'autre ne verra ta passion, n'entendra ton plaisir. Ne sentira ta chatte chaude se contracter sur sa queue.

Il se pencha en avant et passa la langue sur ma fente, puis en donna un coup sur mon clitoris alors que je remuais sur le lit pour aller à la rencontre de ses mouvements. Encore. Il m'en fallait encore.

— Sur leurs doigts.

Il en glissa un en moi tout en caressant mon clitoris avec sa langue, comme pour marquer son territoire. Mon sexe se serra comme un poing, et je gémis, agitant la tête alors que je levais mes poings liés derrière sa tête et tentais de l'appuyer contre moi, de le maintenir en place, de l'obliger à poursuivre son assaut érotique sur mes sens.

— Tu vas m'obéir, compagne. Ici sur Hypérion.

Ses mains glissèrent le long de mes cuisses, ses pouces approchant de plus en plus de mon sexe, mais sans le toucher.

— Et quand je te ramènerai sur Everis.

— Je ne suis pas ta compagne.

C'était un mensonge, et mes cuisses grandes ouvertes le prouvaient. Je me mettais à nue devant lui. Pleine de désir. D'impatience. J'espérais lui avoir enfin fait comprendre les choses, l'avoir poussé assez à bout pour qu'il me revendique enfin. Si je n'arrivais pas à lui forcer la main seule, je pouvais me servir de Styx. J'allais devoir remercier ce connard arrogant. Il avait dû savoir ce que Bryn ressentirait en voyant ses crocs effleurer ma peau. En écoutant Styx parler de ce qu'il me ferait s'il me mettait dans son lit. En me voyant, sa Compagne Marquée, être excitée par son côté dominateur, ses idées sensuelles partagées à voix haute. De la bouche d'un homme qui me désirait et n'avait pas peur de le montrer.

Bryn m'ignorait, pour l'instant, et faisait de lents va-et-vient dans mon intimité mouillé avec ses doigts alors qu'il me parlait :

— Je vais revendiquer ta deuxième virginité, pas seulement parce que j'ai désespérément hâte de te baiser, mais pour que tu saches à qui tu appartiens.

Je gardai le silence alors que ses pouces glissaient sur

mes grandes lèvres, mais intérieurement, je lui hurlais de se dépêcher.

Mes yeux croisèrent les siens, et mon estomac se noua face à la faim que je lisais dans son regard.

— À qui appartiens-tu ?

— À personne, répondis-je. Pour l'instant.

Cette réponse était à la fois un défi et une menace. J'en avais assez de respecter ses règles. S'il ne voulait pas me revendiquer, me faire sienne pour toujours, alors le moment était venu d'arrêter les frais et de passer à autre chose. J'étais forte. J'avais vécu l'enfer. Et j'avais appris à mes dépens que les gens ne changent pas. S'il ne voulait pas de moi maintenant, il ne voudrait jamais de moi, et je devrais trouver le moyen de vivre avec, même si ça me brisait le cœur. Même si cela voulait dire rester ici sur Rogue 5 et commencer une nouvelle vie. Encore une fois.

Au moins sur Rogue 5, je comprendrais les règles, je saurais comment jouer le jeu. Toute la confiance, la loyauté et les rires de Dani et Lexi sur Everis étaient difficiles à gérer. Il était tellement plus compliqué de faire confiance que de s'en aller. C'était tellement douloureux de voir le supérieur de Bryn, Von, revendiquer Lexi comme si elle était son oxygène, sa vie, comme s'il ne pouvait pas vivre sans elle, alors que Bryn me repoussait.

J'en avais marre d'avoir mal. Marre d'espérer. Marre d'avoir foi en un amour de légende, un lien magique entre Compagnons Marqués. Soit il était mien, soit tout ça, c'étaient des conneries. Et trop souvent, ces derniers temps, ma longue expérience de la vie m'entraînait vers l'ancienne moi, celle qui ne faisait pas confiance, et qui ne croyait pas aux illusions comme le *véritable amour*.

L'amour n'existait pas. Les gens mentaient. Ils n'aimaient qu'eux. Mes parents me l'avaient prouvé. Mon frère aussi. Tout le monde dans ma vie. Et à présent, Bryn, dont la mission, dont le devoir, dont l'honneur était plus important que tout le reste. Plus important que moi.

Bryn me regardait, sans ciller, alors que je chassais les idées noires qui me consumaient bien trop souvent ces derniers temps.

— Je n'aime pas cette expression sur ton visage, compagne.

Je clignai lentement des paupières pour lutter contre les larmes, pour tenter de lui cacher la réalité de mes sentiments, tout en sachant qu'il était bien trop tard pour ça.

— Alors, chasse-la.

C'était une imploration. Une exigence. J'entendais la douleur dans ma phrase, et je sus que lui aussi l'avait entendue lorsqu'il grimaça et que sa bouche se pinça.

Ses mains me quittèrent pour attraper l'un des mystérieux *sex toys* sur le lit. Il faisait la taille d'une pièce, était noir et mat, et possédait deux petits bras qui sortaient sur les côtés et s'incurvaient. Alors que je commençais à serrer les jambes, il croisa mon regard et secoua la tête.

— Écarte les jambes, compagne. Ta chatte est à moi.

Toute douceur s'était envolée de sa voix, ce qui m'allait très bien. Je n'avais pas besoin de tendresse. J'avais besoin de force, pas d'indécision.

J'écartai davantage les cuisses, et les maintins alors qu'il admirait mon sexe rose et mouillé, qu'il me humait.

Avec des doigts habiles, Bryn plaça le petit objet directement sur mon clitoris et coinça les bras sur mes replis extérieurs, pour qu'il reste en place.

— Ça ne te fait pas mal ?

Je secouai la tête. L'objet était fixé à mon sexe, mais ce n'était pas douloureux. Pas vraiment.

Avec un autre mouvement du doigt, l'objet s'éveilla. Oh, Seigneur, c'était un vibromasseur. Un super vibro de l'espace.

Bryn se déploya de toute sa taille, et ses paumes atterrirent sur mes cuisses ouvertes pour les tenir en place, me coinçant sous son corps alors qu'il regardait ma poitrine se soulever, mon sexe se contracter et se rouvrir sur... rien. Vide. Bon sang, j'étais tellement vide, mais le plaisir montait en moi, me submergeait par vagues grâce au petit appareil qu'il avait installé sur mon clitoris. Je cambrai le dos. Je tentai de bouger, de remuer, de me rapprocher ou de m'éloigner des vibrations, des décharges électriques qui faisaient trémir tout mon corps. Mais il me maintenait, ses yeux dévorant chaque gémissement et chaque tremblement, chaque expression alors que l'orgasme montait en moi.

— Bryn ! m'exclamai-je.

Il éteignit l'appareil, et je gémis, déçue.

— Tu en veux encore ? me demanda-t-il.

Encore ? Nom de Dieu, j'allais jouir. C'était exceptionnel. J'ignorais comment l'objet parvenait à savoir quelle pression exercer et où l'appliquer avec tant de perfection.

— C'est... Je... Bryn...

— Voilà, c'est comme ça que je veux te voir. Incohérente.

Il me retourna sur le ventre. Avec mon esprit toujours dans le brouillard du désir, enivré par la promesse du plaisir à venir, Bryn n'eut aucun mal à me plier les jambes. Il détacha les menottes, m'attrapa les mains et me les mit derrière le dos. Il rattacha les menottes de manière à ce que je sois penchée devant lui sur le lit, la joue enfoncée dans le matelas épais, les fesses en l'air, exposées. Et pendant tout ce temps, le vibromasseur fixé à mon clitoris ne bougea pas d'un poil. Il restait éteint, à me tourmenter, à me promettre une suite.

Une grande main me caressa les fesses, et je sus qu'il touchait la trace rose qu'il m'avait laissée avec sa fessée. Cette idée me fit gémir et mordre la couverture soyeuse.

— Mienne.

Je gémis.

Je le sentis bouger sur moi, sentis la douceur de ses vêtements sur mes bras, mes fesses. Son haleine chaude me balaya la nuque juste avant qu'il m'y embrasse. Qu'il passe sa langue sur ma peau échauffée, qu'il me mordille.

— Tu veux jouir ?

— Oui.

Pitié. Pitié. Pitié.

Il rit.

— Pas avant que je sois dans ton cul serré, compagne.

Ses mots étaient prononcés avec douceur, d'une voix apaisante, mais grave et autoritaire.

— C'est ce que je veux, dis-je.

— Quoi, Katie ? Qu'est-ce que tu veux ?

— Toi. C'est tout ce que j'ai toujours voulu.

— Tu m'as.

Il continuait de m'embrasser et de me mordiller la peau, une épaule, puis l'autre, la mâchoire.

Je gémis à nouveau.

— Pas encore. Tu n'es pas mien. Pas encore.

Il me donna une claque sur les fesses, et la douleur voyagea à travers moi dans une décharge qui me força à serrer les dents pour ne pas le supplier.

— Si je suis tien. Tu ne l'as pas encore vu, c'est tout.

Je le vis prendre le tube de lubrifiant, sentis le liquide frais me couler entre les fesses.

— Tu as été tellement sage tout à l'heure, quand tu t'es ouverte à moi, dit-il.

Ses doigts retrouvèrent mon entrée de derrière et commencèrent à en faire le tour pour m'enduire de lubrifiant. Je n'avais pas mal. Il ralluma le vibromasseur, et je tendis les pointes de pieds. Je ne pus retenir mes petits cris alors qu'il me pénétrait avec ses doigts comme il l'avait fait plus tôt, les vibrations sur mon clitoris allant et venant, s'intensifiant avant de se calmer comme les vagues de l'océan, me conduisant au bord du précipice, sans me faire basculer.

C'était presque trop intense. De la sueur perlait sur ma peau, mes pieds se crispaient jusqu'à la crampe, et je me réjouissais de cette douleur. Une sensation de plus. Encore. J'en voulais plus. Ses doigts glissaient en moi avec facilité, et il continuait à me dispenser de plus en plus de lubrifiant.

Je perdis la notion du temps.

— Je vais jouir, dis-je.

— Chut, roucoula-t-il. Laisse mijoter. Laisse le plaisir te maintenir dans son joug, juste à la limite. C'est bien. Imprègne-t-en. Laisse ton compagnon te faire du bien. Donne-toi à moi. Ton orgasme m'appartient. Ton corps m'appartient. Ta chatte m'appartient. Ce cul superbe m'appartient.

Il plongea trois doigts profondément en moi pour souligner ses mots, et cette nouvelle sensation d'étirement m'éloigna du bord du précipice. Mais à peine. Tout juste.

— Bon sang, Bryn, susurrai-je.

Mes doigts se refermèrent sur le vide derrière moi. J'étais attachée, ligotée. Il pouvait me faire n'importe quoi. Tout ce qu'il voulait. Mais je lui faisais confiance, je savais qu'il ne me ferait pas de mal. Cette confiance m'enflammait plus que jamais.

Il avait trois doigts en moi, désormais. Je ne les voyais pas, mais je les sentais s'enfoncer profondément en moi. Ce n'était pas douloureux, mais la sensation était étrange. Le vibromasseur m'aidait, et mon corps était détendu, facilitant son entrée. J'étais tellement trempée de lubrifiant que je sentais les jointures de ses doigts alors qu'il se glissait en moi.

Sa main disparut, puis j'entendis le froissement de ses vêtements avant d'entendre le bruit mouillé du lubrifiant qu'il ajoutait.

— Tu es prête, compagne.

— Oui.

Je tournai la tête pour le regarder avec des yeux pleins de désir. Il avait déchiré sa chemise, avait ouvert son pantalon pour qu'il lui tombe sur les hanches, exposant son sexe. Il était épais et gonflé, de couleur prune. Son gland large était évasé, et je me demandai comment il parviendrait à me pénétrer. Mais il luisait de lubrifiant, et je savais qu'il m'avait préparée. Je voulais ça. Je le voulais lui.

Oui, il me dominait. Il allait sans dire que j'allais me soumettre de la façon la plus élémentaire. C'était plus intime qu'un simple rapport sexuel. C'était la deuxième revendication justement pour que les compagnons s'assurent de leur lien profond, de la confiance qu'il partageait avec cet acte. L'Officière en avait parlé pendant l'orientation, mais je ne l'avais pas compris. Pas avant maintenant. Pas avant de voir Bryn se pencher en avant, poser une main sur le lit à côté de moi et presser son sexe contre moi. Durant tout ce temps, il m'avait répété qu'il était mien, et je lui avais dit le contraire, mais à présent, je savais.

Il commença à m'ouvrir, le lubrifiant lui facilitant l'entrée.

J'agitai les hanches, sans savoir si j'essayais de lui échapper ou de lui donner un meilleur accès. La main de Bryn se posa sur mes fesses, et sa chaleur me fit pousser un cri.

— Ne bouge pas, murmura-t-il. Laisse-moi m'occuper de toi. Laisse-moi te donner un plaisir qui défie ton entendement.

Je serrai davantage mes mains l'une contre l'autre et je respirai. Son gland entra en moi avec un petit *pop*. Il se pencha en même temps pour ajuster les vibrations de l'appareil clitoridien. J'avais un peu mal sa circonférence et sa chaleur m'étirant alors que les vibrations me parcouraient le corps. Alors que je me rendais.

Je serrai les muscles de mes fesses, me contractant sur lui jusqu'à ce qu'il gémisse, jusqu'à ce qu'il perde à son tour un peu la tête, avant de pousser et de m'ouvrir comme une fleur pour qu'il se glisse plus profondément en moi, qu'il m'emplisse jusqu'à ce que je ne puisse plus le prendre davantage. Jusqu'à ce que je voie des étoiles.

Bryn gémit, et je poussai un cri lorsque l'orgasme m'emporta. La brûlure aveuglante de mes fesses étirées pour le membre de mon compagnon, combinée au vibromasseur sur mon clitoris eut raison de moi. Je criai alors que mon corps se contractait sur le bout de son sexe, désirant qu'il s'enfonce plus profondément. J'étais déboussolée, complètement submergée par les émotions que Bryn me faisait ressentir. Il savait ce dont j'avais eu besoin pour réussir à le prendre en moi. Le vibromasseur m'avait distraite, m'avait vidé l'esprit de cet inconfort et de toutes mes idées préconçues sur la douleur engendrée par la sodomie. Au lieu de cela, Bryn ne m'avait donné qu'un plaisir sans nom, si intense que je n'arrivais pas à reprendre mon souffle.

Il n'avait pas bougé alors que je me contractais sur son sexe. Mais à présent que j'avais récupéré, il se mit en mouvement. Avec précaution, il se mit à faire des va-et-vient. Il m'avait laissée jouir, pour que je n'aie pas peur de la deuxième revendication, mais à présent, nous faisions cela ensemble. Je me cambrai, et ne reçus aucune fessée, je me collai à lui pour le prendre plus profondément, et il dit « oui » dans un sifflement.

Désormais, je participais activement. Il voulait que je bouge, que je recherche le plaisir de son sexe qui s'enfonçait de plus en plus profondément entre mes fesses. Le vibromasseur semblait être au diapason avec mon corps. Il s'était arrêté après mon orgasme, mais voilà qu'il se remettait en marche. Montait. Atteignait des sommets. S'arrêtait. Me titillait alors que mon compagnon me baisait lentement et profondément.

Je sentis ses hanches contre mes fesses, et je sus qu'il était complètement entré. Mais ce n'était pas tout à fait suffisant. Mon sexe était vide. J'en voulais plus.

— Plus, lui dis-je.

— D'accord. On va jouir ensemble, compagne.

Alors, il reprit ses coups de reins dans un mouvement assuré, mais doux. Je sentais qu'il se contenait, même si cette position, moi les fesses en l'air et lui derrière moi, profondément enfoncé en moi, représentait une domination pure de sa part. Je me sentais aimée. Désirée. Chérie.

Ce n'était pas qu'un acte de domination. C'était une revendication. D'accord, il me prenait, mais je m'offrais aussi à lui. Je l'acceptais comme mien, je consentais à devenir sienne, à être prise comme ça. Je contractai mes parois internes, et il gémit.

Il était aux commandes, mais j'étais puissante, moi aussi.

En cela, nous étions égaux. Il défit mes menottes, et quand mes mains tombèrent sur le matelas, ses grandes paumes se posèrent sur elles, nos doigts entremêlés.

Il se retira et me souleva jusqu'à ce que son dos soit pressé contre son torse, son sexe glissant plus profondément en moi sous ce nouvel angle, mes fesses contre ses cuisses alors que je prenais appui sur lui, que je m'ouvrais. Que je le prenais plus profondément. Je gémis.

Sa main se posa sur mon cou, et je me penchai en arrière en levant le menton, pour lui donner ce qu'il voulait. Ma soumission. Une reddition totale face au contact puissant contre ma gorge.

Lorsqu'il frissonna sous mon corps et qu'il se figea, je faillis me briser en mille morceaux, mais sa main glissa sur ma cuisse. Plus haut. Plus haut.

Sa paume chaude couvrit le vibromasseur sur mon clitoris, puis descendit alors qu'il glissait un doigt dans mon sexe mouillé, m'emplissant complètement. Par-derrière et par-devant. En m'étirant douloureusement.

— Contracte-toi sur moi, compagne. Encore et encore. Fais-le maintenant, pendant que je baise ta chatte serrée avec mes doigts. Serre ma queue avec ton cul. Fais-moi jouir.

J'étais incapable de réfléchir de manière cohérente. Mon esprit était flou, plein de désir, de confiance et de soumission. Je lui obéis alors que le vibromasseur me stimulait le clitoris et que ses doigts ouvraient mon sexe mouillé, me baisaient alors que je contractais les muscles autour de son membre énorme qui m'emplissait, alors que je me laissais aller à ce plaisir en dents de scie. Je le sentis gonfler en moi juste avant que je jouisse.

Son sexe eut un soubresaut et déversa sa semence chaude en moi. Ce mouvement supplémentaire me suffit, et sa main sur ma gorge, qui m'assurait qu'il me tenait, qu'il me gardait en sécurité, m'acheva.

Il cria mon nom alors que sa semence m'enduisait. Me marquait comme sienne.

Les cris que je poussai en réponse n'avaient rien à voir avec tout ce que j'avais pu entendre sortir de ma bouche, ils étaient primitifs et sauvages.

J'étais sienne. Complètement. Pleinement. Sienne.

Pour l'instant.

ryn

J'étais accroupi sur un toit, à observer le trottoir situé à l'extérieur de l'un des établissements de jeux contrôlés par Styx et sa légion. Ses hommes entraient et sortaient des lieux, certains ensanglantés, tous armés jusqu'aux dents et redoutables. Les femmes portaient soit des armures et des armes, comme Argent, soit des soieries et des bijoux, leurs épaules étaient nues pour mettre en valeur la marque de morsure infligée par les brutes qui les accompagnaient.

C'était le soir, si un tel concept existait ici. Rogue 5 adaptait sa technologie et son environnement pour qu'ils imitent les rythmes naturels de la planète Hypérion. Les guerriers hybrides qui y vivaient n'étaient peut-être pas aussi sauvages que leurs ancêtres d'Hypérion, mais ils étaient loin d'être raffinés. Leur sauvagerie m'appelait, appelait le Chasseur qui se cachait en moi comme une ombre. Je les comprenais, comprenais la nature indomptée qu'ils portaient en eux, capable d'exploser à la surface à la moindre provocation.

Ou pendant l'accouplement avec leur compagne. Quand

ils la baisaient. La revendiquaient. Qu'ils l'emplissaient de leur semence.

Mienne. Mienne. Mienne. Katie se trouvait là, sur cette lune sauvage. Seule. Je l'avais laissée sous la protection de Styx, mais ce n'était pas suffisant. Les pulsations de ma marque me le confirmaient. Elle avait besoin de moi. Il fallait que je trouve Garvos. Que je le tue. Que je la rejoigne. Que j'enfonce ma langue dans sa chatte mouillée. Que je la fasse crier. Que je l'emplisse de ma semence. Que je la pénètre. Que j'explore chaque centimètre carré d'elle avec ma langue, mes mains et mes dents.

Mienne.

Et elle était avec *lui,* en ce moment même. Styx. Un homme à son apogée, qui la désirait. Qui voulait la toucher. La séduire. Me la voler.

Je grognai à nouveau avant de pouvoir me retenir, et je secouai la tête, agrippant le mur de brique avec tant de force qu'il se mit à se casser en morceaux sous ma paume. Mais je sentais toujours la pulsation de ma marque.

Par le Divin. Il fallait que j'arrête de penser à elle. Garvos n'était pas accouplé. Il n'aurait pas l'esprit occupé par une chatte chaude et mouillée ou par la peau douce de sa compagne lorsqu'elle jouissait pour lui. Il ne serait pas distrait.

Et j'étais persuadé qu'il avait été mis au courant de ma présence sur Rogue 5. Un Chasseur everien avait débarqué dans le port spatial à la vue de tous. Avait été escorté pour parler à Styx en personne.

Si Garvos n'était pas idiot, il me traquait déjà, savait que j'étais à sa recherche.

Mon sexe était dur comme du bois, et je me trémoussai, mal à l'aise sur ce toit. J'étais accroupi dans l'ombre d'un gros tuyau d'évacuation couvert d'une peinture réfléchissante qui imitait la version du ciel que le dôme faisait apparaître en cet instant.

Je clignai des paupières pour m'éclaircir les pensées, et je levai les yeux. À au moins trois cents mètres au-dessus de moi, le toit en forme de dôme qui couvrait cette section de Rogue 5 scintillait d'un nombre incalculable d'étoiles artificielles. Il était noir la nuit. D'un rose très pâle à l'aube. D'un bleu vif ou parsemé de nuages blancs pendant la journée. L'effet était remarquable et perturbant, l'illusion d'un vaste ciel ouvert contrastant avec ce que mes sens de Chasseur percevaient. Les étoiles tourbillonnantes au-dessus de ma tête étaient des points de lumière stratégiquement placés et mis en mouvement pour imiter le lever et le coucher de constellations que je ne reconnaissais pas. Ce n'était pas réel. Rien de tout cela était réel. Sauf Katie.

— Un peu de concentration, Chasseur, m'ordonnai-je dans un murmure.

Je tremblais, sur les nerfs, privé du calme que je ressentais habituellement lors d'une Traque, car tout mon être voulait retrouver Katie. La longue ligne élégante de sa colonne vertébrale alors que je la penchais sur mon lit. La courbe délicate de son visage. Ses cris de plaisir rauques alors que je l'emplissais de mon sexe et la marquais de mon odeur et de ma semence.

Un instinct sauvage et primaire m'ordonnait d'aller la retrouver. De rester avec elle. De la protéger. Cette envie était plus forte que je ne l'avais soupçonné. S'était-elle renforcée parce que je lui avais pris une deuxième virginité ? Ma marque s'impatientait-elle que je revendique la troisième ?

Les Everiens qui avaient une Compagne Marquée ne Chassaient pas. Ils étaient encore si rares parmi nous que je ne m'étais pas interrogé à ce propos. J'avais toujours pensé que leur retraite anticipée visait à protéger leur compagne, et que leur réorientation vers des postes de diplomates ou d'émissaires était causée par leurs compagnes, qui les rendaient plus stables, réfléchis et prudents dans leurs choix. Qu'ils devenaient plus raisonnables.

Sur ce toit, je réalisais que c'était le contraire.

Je mettrais cette lune à feu et à sang si l'un de ces enfoirés la touchait, et tant pis pour les conséquences. Je mordrais, déchiquetterais et torturerais quiconque la blesserait. Cette faim en moi, ce besoin de la retrouver, ne m'était pas inspiré par l'honneur, le devoir ou quoi que ce soit de logique.

C'était une avidité. Un besoin. Mon corps était incomplet sans le sien. Mes os étaient lourds et douloureux. J'étais censé traquer ma proie, mais au lieu de cela je luttais pour résister à l'appel de son odeur qui persistait sur ma peau, là où nous nous étions touchés. Je pris une grande inspiration, en ignorant les autres odeurs qui m'entouraient, en manque d'elle.

Un vide sombre grandissait en moi en son absence, comme du goudron répugnant dans mes veines. L'air puait les corps, le sexe et le sang malgré les filtres censés rendre la base lunaire habitable. Des légumes et des déchets en décomposition emplissaient des poubelles à vider. Des rongeurs venus d'un nombre inimaginable de planètes se battaient pour prendre le dessus dans les rues et les égouts de Rogue 5, et mon ouïe développée percevait le bruit de leurs petites griffes contre le métal et la pierre, les tuyaux et les tunnels.

Des structures gigantesques emplies de mousse et de plantes grimpantes originaires de la planète mère bordaient les rues comme des sentinelles. Elles étaient utilisées pour imiter la forme des arbres et des paysages d'Hypérion, faisant de Rogue 5 un mélange insolite d'acier froid et de choses vivantes qui coexistaient dans une drôle de danse de métal tordu, de réalité et d'illusion se mêlant pour créer un nouveau monde.

Rogue 5 était une terre de chasse inconnue. Dangereuse. Les guerriers qui y vivaient et qui contrôlaient la ville — et les luttes de pouvoir incessantes entre les cinq légions — étaient légendaires dans tous les mondes de la Coalition.

Si les Chasseurs d'Everis étaient le fouet qui faisait respecter les lois des planètes, le bras de ses dirigeants, alors Rogue 5 était les bas-fonds de cette même société. Leurs espions et leurs assassins infiltraient la galaxie comme des milliers de minuscules araignées sur une toile géante. Ils étaient partout, sur chaque planète, chaque lune, chaque avant-poste à moitié oublié et en ruines.

La Coalition aurait pu se débarrasser d'eux des années plus tôt, des *siècles* plus tôt, mais n'osait pas les toucher.

Sans des hommes comme Styx et sa poigne de fer sur les criminels et les voleurs de sa légion, la Flotte de la Coalition serait forcée de mener deux guerres au lieu d'une. Et tout le monde était à peu près d'accord pour dire que tenter d'éliminer ces légions de Rogue 5 et survivre à la guerre de la Ruche en même temps serait impossible.

Mieux valait tolérer la dure loi des dirigeants de Rogue 5 qu'un le chaos total parmi les éléments criminels de la Coalition. Sans des dirigeants comme Styx, les hors-la-loi de la Coalition mèneraient de nombreuses planètes vers une existence purement sauvage. La Ruche était bien plus terrible, décidée à annihiler l'univers, à assimiler tous les êtres vivants. Au moins, les légions gardaient leurs membres sous contrôles. Et entiers.

Les légionnaires étaient vivants, ils respiraient. Ce n'étaient pas des machines. Ils n'étaient pas contaminés par la technologie de la Ruche et le contrôle qu'elle exerçait sur les esprits. Avec eux, on pouvait raisonner. Ils avaient des familles à menacer et des motivations claires...

la soif d'argent, de pouvoir, de sécurité. Ce n'était pas la Colonie.

Les traités secrets entre les dirigeants du Centre de Renseignements de la Coalition, les Chasseurs everiens et le Prime Nial de Prillon assuraient la paix – comme ils l'avaient faits depuis des siècles. Une alliance inconfortable, peut-être même malsaine, mais nécessaire pour notre survie à tous.

Mais tout cela m'importerait peu s'il arrivait quelque chose à ma compagne. Je bougeai derrière le mur pour corriger ma position.

Je servais Everis et la Coalition avec loyauté depuis que j'étais en âge de Chasser. Mais à présent ?

À présent, c'était à elle que j'appartenais.

Un frisson de danger, de conscience, la chose mystérieuse qui faisait des Chasseurs des êtres *différents,* me parcourut l'échine, et mon regard se tourna brusquement vers la rue en contrebas alors que celui que je cherchais sortait dans la lumière d'un lampadaire à l'ancienne situé au-dessus de la porte de la taverne.

Garvos était plus vieux que je l'avais cru, un homme à son apogée, les cheveux noirs de ses tempes teintés d'une touche d'argent, des rides profondément ancrées au coin de ses yeux et de sa bouche. Ce n'étaient pas les rides du sourire. Elles étaient représentatives de son expression cruelle et menaçante, car il ne cherchait pas à cacher ce qu'il était : un tueur. Vêtu de noir, il portait la bande argentée des légionnaires de Styx au biceps, comme le faisaient tous les habitants de cette zone de la ville, mais ses yeux se tournèrent vers les ombres et examinèrent les toits comme s'il pouvait percevoir ma présence, comme s'il savait qu'il était traqué.

Oui, ses capacités marchaient parfaitement bien.

C'était un adversaire de poids. Quelque chose de

profond et de primitif se déploya en moi face au défi que représentait Garvos. Aussi immobile que si j'étais de pierre, je regardai ma proie disparaître dans le bâtiment alors que ma mémoire refaisait surface. Lorsque j'avais été convoqué par les Sept après le meurtre du Conseiller Hervan, quand j'avais vu le sang et les corps mutilés de sa compagne et de ses fils, j'avais su qu'il n'y aurait pas de capture, pas de procès et d'années d'incarcération sur la lune pénitentiaire d'Everis pour Garvos, pas pour de tels crimes.

L'assassinat d'Hervan était une provocation, un test de force pour les Chasseurs d'Élite. Une provocation envers les dirigeants de la Flotte de la Coalition et l'ordre établi. Nous nous devions de réagir.

Et je ne pouvais pas rentrer chez moi sans réponses.

Les hommes comme Garvos ne tuaient pas pour leur patrie, pour l'honneur ou pour défendre un royaume. Les ordures comme lui se fichaient de la politique ou des luttes de pouvoir des élites planétaires. Ils tuaient parce que quelqu'un les payait pour le faire, et parce qu'ils étaient doués pour cela.

Qui avait pu vouloir la mort du Conseiller Hervan ? Qui se cachait derrière cet assassinat ? Qui avait exigé qu'un tel massacre soit commis, car la mort du Conseiller seul n'avait pas été suffisante, pas assez menaçante ? Un tel bain de sang était un message. Un message que j'avais été envoyé pour décoder. C'était la véritable mission. Garvos n'était qu'un pion. Rien de plus.

Tout comme moi. J'étais sur Rogue 5 pour une raison, une raison plus grande que la traque d'une proie par un Chasseur.

Deux tueurs dans les camps opposés d'un affrontement, pas pour assurer la survie des peuples contre la Ruche, mais pour protéger tout ce pour quoi Everis et le reste de la Coalition se battaient : l'ordre, la paix, des générations d'enfants à naître et un avenir qui — si nous laissions des types comme Garvos gagner — serait violent et abominable, aux mains de dictateurs d'une cruauté inimaginable.

Je Chassais et je tuais, je noircissais mon âme pour que les autres puissent se détendre à table et rire avec leurs compagnes et leurs enfants. Pour qu'ils puissent grandir en paix, entourés par leurs êtres chers et les conforts d'un foyer heureux. J'avais fait la paix avec cette existence il y a très longtemps. J'étais le gardien de nombreux mondes. Mais à présent, mon existence, mon monde à moi, ne tournait plus qu'autour d'une seule personne, la seule qui comptait.

Katie.

J'avais moi aussi envie de me détendre à table et de rire avec elle et nos enfants. Mais pour ce faire, je devais trouver Garvos et ses complices et m'en occuper. M'occuper d'eux.

Avec le poids de centaines de planètes sur les épaules, je mis mes besoins personnels de côté, enterrai Katie et sa peau douce, son odeur, si profondément dans mon esprit que je me forçai à oublier son existence. J'allai à l'encontre d'une toute nouvelle panoplie d'instincts et ignorai la marque sur ma paume. C'était la seule chose à faire. Me mettre en chasse, me concentrer sur le présent, était le seul moyen d'assurer sa sécurité.

L'uniforme noir que je portais m'avait été prêté par Styx, tout comme la bande argentée à mon bras. J'étais l'un des leurs, libre de parcourir les rues du territoire de sa légion et de Chasser comme bon me semblait. Styx voulait la prime de la capture de Garvos. Ça, je n'en doutais pas.

Mais si je mourais, il ne verserait pas de larmes. Je n'étais pas stupide. J'avais vu la manière dont il regardait ma superbe compagne, et je savais ce qui se passerait si je ne la rejoignais pas.

Je n'échouerais pas.

Plus ombre qu'homme, je descendis le long de la façade

du bâtiment et me laissai tomber sur le sol en silence. Mes bottes possédaient des semelles moelleuses et ne produisirent pas le moindre son alors que je faisais le tour du bâtiment. Une fois dans la lumière, je me redressai, rendis plusieurs de mes armes visibles, et pénétrai dans la taverne après ma proie.

De la fumée et une odeur de viande brûlée m'accueillirent alors que je me faufilais à l'intérieur. La salle possédait des lumières tamisées et des tables pleines d'hommes et de femmes occupés à rire, à boire et à manger, détendus. C'était leur territoire, et ils étaient parmi les leurs. En sécurité.

Ils ne savaient pas qu'un monstre se déplaçait parmi eux, décidé à tuer l'un d'entre eux.

Je trouvai une chaise vide au bout du bar et m'assis, avant de commander un verre de bière de la maison et de passer la pièce en revue.

— Vous êtes nouveau dans le coin.

La femme derrière le bar était grande, musclée et armée de poignards et de pistolets à ions de chaque côté de ses hanches. Son regard était sombre, direct, et passa de moi aux hommes qui se tenaient dans un coin si vite que je faillis rater son mouvement furtif.

— C'est important ? demandai-je en posant une pièce sur le bar pour payer ma boisson.

— Pas pour moi.

Elle haussa un sourcil et les épaules, avant de s'éloigner pour servir un autre client, et je poussai un soupir de soulagement. Elle aurait pu donner l'alarme, mais le code d'honneur dont avait parlé Katie était bien là. Même les voleurs en possédaient un.

En sachant déjà ce que je trouverais, je pivotai dans mon siège dans la direction qu'elle avait regardée, convaincu qu'elle savait qui j'étais et pourquoi j'étais là.

Ils le savaient sans doute tous.

Et pourtant, Garvos ne se cachait pas. Loin de là. Il était tranquillement installé dans un coin, entouré par trois grosses brutes et deux femmes moulées dans de la soie. Son regard croisa le mien. S'attarda pour me défier. De Chasseur à Chasseur. De tueur à tueur.

Je ne pouvais pas l'attaquer maintenant. Pas dans cet établissement plein de badauds innocents. Si je passais à l'attaque ici, il y aurait plus de morts que ce que j'avais convenu dans mon accord avec Styx. Ce serait vu comme une attaque sur la Légion par le conseil des Sept, ordonné et approuvé par Everis. Mon peuple serait encore plus en danger. Et ma compagne resterait *en sécurité* et *protégée* sous l'œil prudent de Styx.

Elle leur servait d'assurance. D'otage. Et j'avais beau haïr Styx, je ne pouvais rien y faire.

Apparemment, même le meurtre était devenu un jeu politique.

Peu désireux de rester là, persuadé que Garvos avait compris le défi que je lui lançais, je laissai mon verre intact sur le bar alors que je sortais dans la nuit pour appâter ma proie. Et il me suivrait. Il y avait trop de Chasseur en lui, le prédateur était trop proche de la surface. Il ne pouvait pas résister.

Je tournai au coin et me dirigeai vers une vaste zone ouverte, grimpai dans l'un des arbres synthétiques, et attendis.

Les secondes s'égrainèrent. Une minute. Deux.

J'entendis des pas sous mon arbre, mais ils s'arrêtèrent plus loin que je l'aurais voulu.

— Bien tenté, Chasseur.

Garvos semblait trop content de lui, sa voix forte et calculatrice.

Je serrai les dents pour m'empêcher de répondre. Il se

trouvait derrière moi, à une vingtaine de mètres, et j'étais noyé dans les ombres. Très bien caché. J'avais choisi les lieux avec précaution.

Je voulais simplement qu'il approche. Je ne pouvais pas le tuer. Pas encore. Pas avant d'avoir obtenu les réponses que j'étais venu chercher. Mais lui n'avait pas ce genre de contraintes. Ce qui voulait dire que j'étais en position de faiblesse. J'avais l'habitude. Mais je n'avais encore jamais Chassé l'un des miens.

Il fit deux pas en avant. S'arrêta.

— Tu es doué, Bryn. Le meilleur que j'aie jamais croisé. C'est presque dommage de devoir te détruire et de te voler ta jolie petite compagne.

Il rit alors qu'un groupe de tueurs vêtus de noir sortaient des ombres. La bande autour de leurs bras était verte, la couleur du dessous d'une feuille d'arbre à l'ombre, la couleur qui n'importe où ailleurs dans la galaxie, m'aurait fait penser à la vie. Mais le vert de la légion Astra aurait répugné la plupart de ceux qui la voyaient. Voleurs et espions, ils trempaient dans le trafic d'esclaves et d'information au lieu des armes et de la violence, comme Styx et son équipe. Ils étaient rusés, dénués d'empathie, et avaient leurs armes braquées sur moi. Ils ne s'étaient pas trouvés dans la taverne. Je ne les avais pas vus, ne les avais pas perçus. Ils étaient restés tapis à m'attendre, presque comme si Garvos avait su où j'irais, ce que je ferais.

Je m'étais montré imprudent, distrait par ma compagne et mon besoin d'assurer sa sécurité. Et à présent, elle était encore plus en danger. S'ils me tuaient, je laisserais Katie entre les mains de Styx, qui pourrait décider d'être honorable en la renvoyant sur Everis, en la protégeant... ou il la garderait pour lui.

Ces deux idées me faisaient battre le sang aux tempes.

Merde. Styx et la bande argentée à mon bras m'offraient

la protection de son peuple. Pas des Astra. Mais ils n'étaient pas censés se trouver là, sur le territoire de Styx. Garvos se moquait du dirigeant de cette légion.

Le premier tir me toucha à la hanche. Le deuxième à l'épaule.

Je m'avachis, tentai de me remettre, de trouver une échappatoire. Ma proie avait eu bien trop de facilités à poser son piège. Pour une raison inconnue, il avait su que j'étais là, mais aussi que j'avais passé un marché avec Styx. Il était au courant pour Katie. Il portait un bracelet argenté, prétendait être loyal envers Styx et se promenait librement parmi son peuple, mais il collaborait avec la légion Astra ? Soit il était fou, soit il était bien plus dangereux que je l'avais cru, s'il osait trahir Styx aussi ouvertement, s'il avait fait des alliances que j'avais crues impossibles.

Mon instinct m'ordonna de me tourner et de me pencher alors qu'un tir me frôlait la tête, le côté du visage.

La douleur m'envahit alors que les tirs continuaient de pleuvoir, et je tombai.

Je roulai sur le sol pour tenter de m'échapper, mais un autre tir me frappa à la cuisse, puis au ventre. Mon corps fut pris de spasmes alors que les tirs rapides des pistolets à ions déchiraient mon système nerveux avec des vagues de douleur insupportable.

Je perdis connaissance au son des rires de Garvos, une excuse sur les lèvres. Pour elle.

Ma compagne. *Katie.*

Mais mes mots ne sortirent jamais.

Puis, plus rien.

atie

Je n'avais jamais été très douée pour faire ce que les gens m'ordonnaient de faire. Bryn était un bon exemple. Je m'étais faufilée sur son vaisseau pour l'aider à traquer Garvos. Je n'étais pas restée nue dans son lit à l'attendre, comme il l'avait souhaité. Ma désobéissance m'avait valu de me retrouver allongée sur ses genoux pour une fessée. Il avait cru utile de me menotter pour me soumettre, même si je m'étais montrée plutôt obéissante.

Enfin, j'avais été obéissante parce que j'avais obtenu ce que je voulais — ses mains sur moi. Son corps. Sa bouche. Lui tout court.

— Par ici, s'il vous plaît. Je dois vous escorter au dîner.

Lame, le géant aux cheveux d'argent divin qui était le bras droit de Styx, s'inclina légèrement alors que j'ouvrais la porte de la chambre où Bryn et moi avions fait des folies quelque temps plus tôt. Je m'étais lavée, m'étais détendue sous le jet chaud de l'eau pendant que mon compagnon était parti chasser, et j'avais essayé de ne pas trop penser à l'endroit où il se trouvait ou à ce qu'il faisait. Styx m'avait envoyé une robe neuve avec un mot que j'avais trouvé charmant et irrésistible.

Une robe superbe pour une femme superbe.

Je devais bien admettre que cet homme avait du goût. L'étoffe épaisse était comme de la soie liquide dans mes bras, et elle moulait chaque courbe. J'étais belle. Comme une mannequin. Et j'avais hâte de voir la tête de Bryn s'il rentrait. Non. *Quand* il rentrerait. Je suivis Lame dans un couloir silencieux, vêtue de ma nouvelle robe, et j'ignorai la façon dont ses yeux me dévoraient le corps. En temps normal, j'aurais été flattée par l'attention d'un homme tel que lui. Mais là, je ne parvenais qu'à me mordre la lèvre et à ignorer la douleur dans ma cage thoracique qui ne faisait que s'amplifier plus je restais seule. Ma marque devenait de plus en plus froide alors que Bryn s'éloignait de moi. Ou en tout cas, c'était ce que m'affirmait mon imagination fertile.

De la culpabilité se tapissait dans les recoins de mon esprit, la culpabilité d'être ici, d'avoir suivi mon compagnon, de lui avoir désobéi. Mais je n'étais jamais tombée dans ce piège. Pas depuis que j'étais petite, et que j'avais réalisé que j'étais plus responsable à sept ans que mes parents trentenaires ne le seraient jamais. Non, je ne faisais pas la morte et je ne remettais pas les choix en question. J'avais suivi Bryn sur cette planète à la con parce qu'il ne m'avait pas laissé d'alternative. Il avait gardé des secrets. Il m'avait caché la vérité. Il avait tenté de renier ce qu'il y avait entre nous, ce que les marques sur nos paumes signifiaient vraiment. Lorsqu'il me touchait, je me consumais. J'avais été appairée avec Everis, et je l'avais trouvé. Il était tout ce qu'il y avait de bon en ce monde, tout ce que je n'avais jamais été : honnête, respectable, altruiste, dévoué à promouvoir le bien et à servir son peuple. Moi ? J'étais dévouée à lui. C'était ma seule qualité. Le début et la fin de la nouvelle Katie.

Et à présent, il savait que je ne serais pas une compagne timide et douce.

Non, il avait découvert que je serais tout le contraire.

Les trois heures que j'avais passées dans les quartiers généreusement fournis par Styx, la deuxième revendication, nous avaient apaisés tous les deux. Sauf mes fesses. J'aurais bien aimé que Rogue 5 dispose de sachets de petits pois congelés pour que je puisse m'asseoir dessus. Bryn s'était montré doux, ou en tout cas, aussi doux que possible avec une compagne telle que moi, mais il m'avait fallu plus de trois heures pour faire passer l'inconfort provoqué par la deuxième revendication.

Mais cette douleur me plaisait. Elle me rappelait qu'il était mien. Qu'il me désirait. Que le lien entre nous était assez puissant pour le rendre dingue.

Et si j'avais fait tourner Bryn en bourrique, c'était parce que j'avais eu peur. Je n'étais pas du genre à me mentir à moi-même, et j'avais reconnu la petite fille effrayée qui craignait toujours que les bons moments aient une fin. Je l'avais poussé à bout parce que j'avais besoin qu'il me prouve sa force, qu'il me prouve qu'il serait toujours là, qu'il prendrait soin de moi, même si je luttais et me débattais, même si les choses devenaient parfois difficiles. J'avais besoin de savoir qu'il resterait à mes côtés, qu'il saurait me donner l'impression d'être en sécurité, même si pour cela il devait me mettre sur ses genoux de temps à autre pour me donner une bonne fessée. Au moins, je saurais que je comptais pour lui. Et cette inquiétude, cette sincérité, me mettait dans tous mes états. Je lui donnais tout.

Ce qui était ridicule, car je ne m'étais jamais donnée à personne. Et pourtant, j'en voulais plus. Je le poussais, et il me poussait en retour. Les menottes, le vibromasseur, son ultime domination sur mon corps. Tout ce que j'aurais refusé aux hommes que j'avais connus sur Terre. S'ils m'avaient touché les fesses, j'aurais poussé un cri et leur aurais donné un coup de poing dans le nez.

Je ne me soumettrais qu'à Bryn.

C'est pour cela que, quand Bryn s'était préparé à partir en chasse et que Styx lui avait donné accès à sa légion pour trouver Garvos, je n'avais pas fait d'histoires – pas trop – quand Bryn avait insisté pour que je reste en sécurité ici.

Une porte s'ouvrit en coulissant pour révéler mon hôte assis à une table dressée pour six personnes, avec des bougies, des coupes rutilantes pour le vin et des assiettes qui semblaient être faites de porcelaine fine, bordées de platine. Lame se plaça derrière la chaise à côté de sa sœur, Argent, et deux autres hommes que je ne reconnaissais pas se levèrent en même temps que leur chef. Seigneur. C'était quoi tout ça ? Un dîner chez l'ambassadeur ?

Sans se douter de ce que je pensais, Styx se leva et me tira ma chaise comme un gentleman. Son regard s'attarda sur chaque ligne et courbe de ma robe, depuis le drapé entre mes seins jusqu'aux lignes argentées sur mes manches, qui indiquaient que je me trouvais sur son territoire, sous sa protection. Mon armure se trouvait dans ma suite, mais après deux jours dans l'espace, une revendication torride et une douche chaude, j'avais trouvé agréable de me coiffer et de porter quelque chose de sublime. Les bottes de combat que je portais en dessous allaient devoir faire l'affaire, et me seraient utiles si je devais donner un coup de pied dans les couilles de l'un de ces types.

— Magnifique, Katie. Le noir vous va bien, dit Styx lorsque je le rejoignis et que je m'assis sur la chaise voisine à la sienne. C'est beaucoup mieux comme ça.

Les autres s'installèrent, et l'on posa une assiette pleine de nourriture devant moi. Elle dégageait une délicieuse odeur de viande et d'épices. Je n'avais pas réalisé à quel point j'avais faim ; Bryn m'avait assurément ouvert l'appétit.

Avec Lame à ma gauche et Styx à ma droite, je me demandai s'ils me flairaient, s'ils pouvaient deviner que Bryn m'avait emplie de sa semence, derrière, mais pas devant.

Ils humèrent tous deux profondément l'air, et je me figeai, la main en chemin vers ma fourchette. Lorsque Styx prit sa propre fourchette et transperça un morceau de viande, j'en conclus qu'il était satisfait.

— Qu'est-ce qui est mieux comme ça ? demandai-je. Que Bryn ne soit pas là ?

Je pris mon verre, regardai à l'intérieur et vis... de l'eau ? Ce fut à mon tour de renifler. Le liquide avait une odeur sucrée. J'en bus une gorgée. Une sorte de jus de fruits.

— Votre tenue. Vous êtes une très belle femme, et vous ne devriez pas cacher vos formes, dit-il avec un sourire et une étincelle espiègle dans les yeux. Et j'aime vous voir porter mes couleurs. L'accoutrement Styx vous va à ravir.

Je ne pouvais pas rater l'admiration dans son regard alors qu'il m'examinait. La robe était moulante, mettant en valeur mon décolleté, ses manches dévoilant mes épaules avant de se couvrir de bandes argentées. Elles étaient moulantes et m'épousaient les bras jusqu'aux poignets. La robe me serrait la taille et les hanches avant de retomber comme une cascade de soie noire jusqu'à mes chevilles.

Je marquai une pause, et me souvins que son nom était identique à celui de sa légion, car il avait tué pour en devenir le leader.

— Merci, répondis-je.

Que pouvais-je dire d'autre ? Batailler avec lui ne me vaudrait pas une fessée, ne m'apporterait pas ce que je désirais. Il n'était pas Bryn. Il n'était pas à moi. Et je ne voulais pas me mesurer à lui, verbalement ou physiquement.

— Toutes les terriennes sont aussi audacieuses que vous ? me demanda Styx.

Il leva sa fourchette et son couteau, et je ne pus m'empêcher d'examiner ses mains. C'était une partie du corps que j'aimais bien, et les siennes étaient robustes, épaisses et puissantes. Elles étaient couvertes de cicatrices, certaines petites, d'autres pas, et j'étais persuadée que certaines avaient été causées par des couteaux lors de bagarres.

Et il trouvait que j'étais audacieuse ? Je ne pouvais qu'en rire.

— Non. Tout le contraire en fait, mais je n'ai pas grandi parmi des femmes très distinguées. Disons que j'ai été élevée dans des quartiers difficiles.

Il haussa un sourcil noir.

— Comment ça ?

Pour gagner du temps, je transperçai un morceau de viande et le mis dans ma bouche. Je pris mon temps pour le mâcher et en savourer le goût délicieux. Je n'avais pas l'intention de demander quel genre d'animal j'étais en train de manger.

— Là où j'ai grandi, la ville était divisée en territoires régis par des gangs. Ils ont tous leur propre quartier, et sont prêts à tuer pour protéger leurs membres. Ils mettent en place leurs propres règles, leurs propres lois. Les punitions sont sévères, et il n'y a pas d'exceptions. Ils sont inflexibles, et leurs leaders sont généralement les plus forts et les plus impitoyables d'entre eux.

— Comme ici, dit Lame à ma gauche.

Je hochai la tête.

— Oui, j'imagine.

— Vous faisiez partie de l'un de ces gangs ? demanda Styx.

— Oui. Et mon frère aussi.

Je bus une autre gorgée de jus de fruits alors qu'un frisson me parcourait. J'ajoutai :

— C'est la raison de ma présence ici. Je suis allée en prison. Mais mon frère en est mort.

Styx m'étudiait, ses yeux froids. Sérieux.

— Et que pensez-vous de ces gangs avec lesquels vous viviez ? De ce genre de vie ?

Je savais ce qu'il me demandait, et je ne pouvais pas mentir.

— C'est la seule vie que je connaisse. Les bons leaders, les leaders forts, nous évitent d'être livrés à nous-même. Il y a de la loyauté chez eux, de la sécurité, un respect de la hiérarchie. Un honneur impitoyable, mais de l'honneur quand même. Je le comprends, et je le respecte.

Son regard s'adoucit, et je pus de nouveau respirer. Il ne fallait surtout pas que je me fasse un ennemi du dirigeant de la légion Styx en l'absence de Bryn.

— Oui, il y a de l'honneur ici, dit-il en jetant un regard à Lame.

Lame avala une bouchée de nourriture, qu'il arrosa d'une gorgée de sa boisson.

— Si nous n'étions pas des hommes honorables, vous auriez la marque des dents de Styx sur une épaule et des miennes sur l'autre.

Je restai bouche bée. Les autres discutaient autour de nous, mais je n'étais focalisée que sur ces deux-là. J'avais du mal à ne pas les regarder, tant ils étaient beaux. Mais la sincérité de leurs mots me poussa à reposer ma fourchette.

— Bryn est mon Compagnon Marqué, dis-je, répétant ce qu'ils savaient déjà.

Styx tendit la main sur la table et me prit par le poignet, avant de le retourner pour en voir la face. Nous regardâmes tous ma marque.

— Et pourtant, vous n'avez toujours pas été revendiquée, dit Styx. Je sens son odeur sur vous, mais je sais que vous êtes intacte.

Je haussai les épaules comme si cela n'avait pas d'importance, même si ce que Bryn et moi avions partagé avait été sauvage et impétueux, torride et très sexy. Mon sexe n'avait peut-être jamais été pénétré par son membre, mais je m'estimais revendiquée.

— Vous avez juré de me protéger, de me garder en sécurité. C'était un mensonge ?

Styx haussa les épaules.

— Je ne mens jamais, Katie.

Mon silence n'était pas un signe de désaccord de ma part, mais il dut le déranger.

— Les gens ne mentent que quand ils ont peur, ajouta-t-il.

— Et vous n'avez jamais peur ? demandai-je.

Mais je connaissais la réponse. Les gens comme Styx n'avaient pas peur, n'avaient plus peur, car ils n'avaient rien à perdre. C'était ce que j'avais ressenti lorsque j'avais quitté la Terre pour rejoindre le Programme des Épouses Interstellaires. Mais à présent, une chose me terrifiait : perdre Bryn.

L'absence de réaction de Styx me le confirmait. Il était dur, et pas du tout embêté par ma question.

— J'ai donné ma parole. Vous êtes en sécurité avec moi. Mais si Bryn meurt...

Il ne termina pas sa phrase. Ici comme dans les gangs terriens, ma mort faisait partie de la vie. Personne ne s'attendait à vivre très longtemps.

— Les légions sont si dangereuses que ça ? demandai-je.

Les yeux vert pâle de Styx se plissèrent, et il crispa la mâchoire.

— Rogue 5 entraîne la mort de tous ceux qui ne connaissent pas nos coutumes. Mais si Garvos se trouve sur mon territoire, Bryn le trouvera bien vite.

— Je veux seulement savoir s'il risque de foutre le bazar, demanda Argent. Je déteste faire le ménage après les autres.

— Non, dis-je en secouant la tête. Il n'est pas là pour causer des ennuis, juste pour traduire cet homme en justice.

— Que les dieux nous préservent des idiots honorables qui ne connaissent pas les règles, fit Lame.

Ah, nous en revenions à ces fameuses règles.

— Comme les deux autres Chasseurs ? Ceux qui sont venus avant Bryn et qui ont disparu ?

Je me montrais curieuse, mais je voulais savoir si c'était Styx qui les avait tués pour leur donner une leçon, si les Chasseurs étaient morts dans un caniveau après une bagarre, ou pire, si leurs plans avaient été déjoués par Garvos.

Styx hocha la tête.

— Ils ne connaissaient pas nos coutumes. Ils ne les respectaient pas, alors nous ne leur avons offert aucune protection. Je n'ai pas ordonné leur mort, mais ceux qui ont assassiné ces Chasseurs protégeaient notre territoire, comme il se doit.

Malheureusement, je savais que c'était la vérité.

— « Tuer ou être tué », répondis-je. Il faut protéger les siens.

Je savais d'expérience que c'était vrai. J'avais vu trop de gens mourir, y compris mon frère, pour le bien du groupe.

— Toutes les femmes de votre monde sont aussi désabusées que vous ? me demanda Styx.

Je ris en pensant à Rebecca, une jeune femme pas beaucoup plus âgée que moi qui avait tenté de se lier d'amitié avec moi et de me trouver un refuge loin de la rue.

— Certaines. Mais la plupart sont trop bornées pour voir la vérité.

— Quelle vérité ?

— Que les gens sont nuls.

Je ramassai ma fourchette et mangeai une autre

bouchée, cette fois de légume au goût de pomme de terre au four.

— Même celles qui tentent de venir en aide aux gens peuvent être désabusées, repris-je. Il y avait une femme qui tenait un refuge, un endroit pour aider les femmes à sortir de la rue, pour qu'elles se sortent des gangs. Elle a un an de plus que moi, mais elle a tout vu. Connu le pire.

Je pris une gorgée de jus de fruits et avalai la nourriture coincée dans ma gorge.

— Mais elle ne peut pas s'empêcher de tenter de sauver tout le monde, conclus-je.

— Et pour vous, c'était quoi, le pire moment ? demanda Styx.

Je levai les yeux vers lui.

— Quand elle est entrée dans un bar qui servait de QG au gang pour m'apprendre que mon frère avait été assassiné. Je travaillais comme aide-barman là-bas. Elle savait qu'il fallait faire partie du gang pour pénétrer dans ce bar et en sortir vivant, mais elle voulait me le dire en personne, m'éviter qu'un des connards du gang me l'annonce.

Styx pencha la tête de côté.

— Et cette gentille Rebecca obstinée, elle a survécu ?

— Ce soir-là, oui. Je n'étais... pas contente, et je me suis assurée que personne ne la touche. Mais depuis ? Qui sait ? Il a pu lui arriver quelque chose depuis que j'ai quitté la Terre. Je suis sûre qu'elle continue à patrouiller les rues la nuit pour tenter de sauver tout le monde.

Cette idée me mit en colère, et me rendit très triste. Je n'avais pas envie de penser à Becca, à la Terre, où à la mort de mon frère et à son choix de faire passer son gang de motards avant moi. J'avais tout quitté pour devenir une Épouse Interstellaire. J'avais voulu recommencer à zéro, et voilà que je me retrouvais là, au sein d'un tout nouveau gang. Je n'étais pas en prison, je ne portais pas de combinaison orange ou de chaînes aux pieds, mais je restais tout de même une prisonnière.

— Est-ce que Rebecca est aussi intrigante que vous ?

Je restai coite. Qu'étais-je donc censée répondre à ça ?

— Elle ressemble un peu à Argent.

Je regardai la jeune femme, qui était en pleine conversation avec l'homme qui se trouvait à ses côtés.

— Teint pâle. Cheveux clairs, mais plus dorés qu'argentés. Et son caractère était comme... comme cette boisson. Doux.

Je pris mon verre et en bus une gorgée.

— Pourtant, elle se trouve à des années-lumière d'ici, et vous êtes devant nous. Je pourrais faire de vous notre reine.

Je ris avec un amusement sincère, cette fois. Moi ? Une reine ?

— Ne vous laissez pas abuser par cette robe, Styx. Je n'ai rien d'une reine.

Plusieurs personnes se tournèrent vers moi pour me regarder. Je les ignorai et gardai les yeux braqués sur Styx.

— Une reine ? repris-je. Je croyais que vous étiez Styx, le chef de cette légion, pas un roi.

— Vous avez fini ? me demanda-t-il.

Je baissai les yeux sur mon assiette et m'aperçus que la moitié de ma nourriture avait disparu. Quand avais-je trouvé le temps de manger tout ça ?

Lorsque je me levai, Lame et lui m'imitèrent. Grands, impressionnants, beaux. Et ils n'avaient d'yeux que pour moi.

Styx tendit une main pour m'indiquer le chemin à prendre. Ils me rejoignirent au bout de la table.

— Je traiterais ma compagne comme notre reine, elle sera la seule personne de l'univers à pouvoir me dire quoi faire.

Ses yeux sombres étaient des profondeurs de promesses

sensuelles, et je sentis un frisson me parcourir la peau alors que Lame m'examinait avec la même intensité.

— Nous vous donnerions beaucoup de plaisir, Katie. Personne ne vous menacerait jamais. Personne ne vous toucherait. Vous seriez en sécurité avec nous.

 atie

Ils se tenaient de chaque côté de moi alors que nous quittions la pièce pour prendre le couloir.

— Nous ?

— Styx et moi aimons nous partager la même femme, m'expliqua Lame. Et en devenant sa compagne, vous seriez placée sous la protection de la légion tout entière. Vous seriez plus puissante que n'importe qui ici, sauf Styx lui-même.

Se partager une femme ? Moi ? Avec eux deux ? Mes tétons pointèrent à cette idée, alors que je les imaginais de chaque côté de moi, comme ils l'étaient en cet instant, mais nus. Leurs bouches se poseraient sur mes épaules, les embrasseraient et les lécheraient, avant de les mordre.

— C'est la règle sur Rogue 5 ? demandai-je. Vous partagez toujours vos femmes ?

J'avais entendu dire que certaines planètes de la Coalition le faisaient, mais j'étais tout de même surprise, car ils étaient déjà très virils pris tous seuls. Face à eux deux, une femme n'aurait aucune chance. Je déglutis en réalisant que je me trouvais à leur merci.

Styx s'arrêta dans le couloir, et lorsqu'il se tourna pour me faire face, il posa sa grande main sur ma joue.

— Non. Nous n'avons pas de règles, Katie. Nous faisons ce qui nous apporte du plaisir, ce que nos compagnes aiment. Certains hommes détestent partager. Mais moi...

Il posa les yeux sur mes lèvres, et son regard s'y attarda alors qu'il poursuivait :

— J'aime regarder ma partenaire jouir. J'aime l'entendre crier, supplier et se rendre face au plaisir que je peux lui procurer.

Son pouce se posa sur mes lèvres, et Lame se plaça derrière moi, comme une couverture brûlante sur ma peau à travers ma robe fine.

— Parfois, reprit Styx, je me sers d'autres hommes pour m'aider à procurer ce plaisir. Et d'autres fois, je me montre égoïste et j'amène la femme à l'orgasme tout seul.

Je déglutis avec difficulté. Bon sang, ces types étaient passionnés. Aucune femme non accouplée n'aurait pu résister à un regard pareil. Heureusement pour moi, j'avais déjà un compagnon, mais il n'était pas là.

J'avais besoin de sa présence ici. Genre tout de suite.

Je levai le menton et libérai mon visage de la main de Styx, un rejet subtil, mais qu'il comprit. Il laissa retomber sa main.

— Vous savez des choses sur la mission de Bryn qui laisseraient penser qu'il ne reviendra pas vivant ? demandai-je en me remettant en marche dans le couloir. Une chose que j'ignore ?

— Venez.

Styx me prit par le coude et me fit avancer de quelques pas vers une porte. Elle s'ouvrit en coulissant à son arrivée, et il me fit entrer. C'était son appartement. L'espace qu'il

nous avait réservé, à Bryn et moi, était somptueux, mais
celui-ci battait tous les records. Une grande fenêtre donnait
sur le paysage de Rogue 5, la surface aride de la lune
exposée de près et au loin, faite de reliefs escarpés et déso-
lés, de rochers et de caillasse à perte de vue. Rogue 5 dans
toute sa gloire. La lune d'Hypérion. Elle était remarquable
dans un style glacial et rude.

Mais l'espace de Styx était bien plus chaleureux que le
paysage. D'épais tapis sur le sol, un grand lit avec des draps
noirs et or. Des couvertures moelleuses. La lumière était
tamisée. Je m'étais attendue à des lignes droites et des
meubles anguleux chez un homme aussi puissant que Styx,
mais apparemment en privé, il était plus complexe que je
l'avais cru.

Il s'assit sur un canapé rembourré, assez grand pour que
deux hommes hypérions s'y allongent. Peut-être même avec
une femme entre eux ? Styx étala les bras sur le dossier, les
jambes croisées. Il semblait trop à l'aise, comme un renard
dans sa tanière.

— Tout ce que je sais, c'est que les Chasseurs ne sont pas
venus me voir. Ils ne m'ont pas demandé la permission de
traquer Garvos. À cause de ce manquement, ils n'étaient pas
protégés, contrairement à votre Bryn. Les dangers qu'il
rencontrera ne seront pas du fait des membres de ma légion.
J'ai donné l'ordre de le laisser tranquille. Mais je ne peux
pas contrôler Garvos lui-même, ni les autres légions.

— Garvos se trouve bel et bien sur votre territoire ? Vous
en êtes certains ?

Styx hocha la tête.

— Oui. Il est ici. Son attaque contre le conseiller everien
n'était pas autorisée. Bryn me rendra service en l'exécutant.
Il a agi sans permission et a mis toute la légion en danger.

— Et Bryn vous a promis la prime. Tout le monde est
gagnant.

— Exactement, dit Styx avec un sourire sincère.

Je poussai un soupir de soulagement. Garvos se trouvait sur le territoire de Styx, et son peuple avait pour ordre de ne pas toucher à mon compagnon. Non que j'aie des doutes quant aux compétences de Bryn, mais nous n'étions vraiment plus sur la Pierre Angulaire. Je craignais d'être amoureuse de mon compagnon et de son honneur à la noix, mais je ne voulais surtout pas qu'il se fasse tuer à cause de ça.

— Je n'ai pas fait ça pour lui, reprit Styx.

Il tapota le canapé de la main pour me dire de m'asseoir. J'obéis, en laissant beaucoup d'espace entre nous. Mais Lame s'assit de l'autre côté de moi. Très près. Trop près, alors je me décalai vers Styx. Sa main vint me caresser les cheveux.

— J'ai fait ça pour vous, dit-il.

— Moi ?

Son contact était agréable. Doux. Une vraie surprise, de la part de quelqu'un d'aussi impitoyable.

— Vous semblez le vouloir vivant. Ses compétences pourront sauver ou perdre le peuple everien. S'il meurt, ce sera avec honneur.

Lame se glissa vers moi et me caressa le cou et la courbe de l'épaule d'un doigt.

— S'il meurt, sachez cela : on vous veut, Katie, nue et passionnée entre nous. Mais on vous veut consentante. Réceptive.

Je tentai de bouger, mais ils m'en empêchèrent avec douceur. Ils me touchaient à peine, mais j'avais de plus en plus chaud.

Ils étaient si passionnés, si enivrants. Complètement différents de Bryn, qui était très possessif. Ici, sur Rogue 5, il était également devenu obsessionnel. Complètement différent de l'énergie que dégageaient ces deux hommes. J'avais l'impression que Bryn était conscient de chaque battement de mon

cœur, de chacune de mes palpitations et de tous mes mouvements. Alors que j'étais coincée entre Styx et Lame, je sentais
que leur seul instinct était de me dévorer, de me contrôler. Pas
d'écouter mon cœur battre, mais de lui dicter son rythme. Il
n'y avait aucun amour, seulement un désir animal.

— Les vampires ne m'ont jamais beaucoup plu. Désolée.
Je n'aime pas les morsures.

En réponse, Styx se redressa et se pencha vers moi son
nez effleurant mon cou.

— Vous me supplieriez de vous mordre, dit-il d'une voix
rocailleuse. Je m'en assurerais.

Je plaçai une main sur sa poitrine et les repoussai tous
les deux, puis je me levai et me tournai vers eux. Bon sang,
qu'est-ce qu'ils étaient sexy ! Ils me regardaient tous les deux
comme s'ils étaient prêts à se jeter sur moi. Il me suffisait de
dire oui. N'importe quelle autre femme de l'univers se jette-
rait sur l'occasion.

Mais la marque sur ma paume me lançait, me rappelant
que j'appartenais à un autre.

Je ne voulais pas qu'ils me touchent. Je voulais Bryn.

— J'aimerais retourner dans ma chambre, maintenant.

— Vous n'avez pas envie de voir comment ce serait,
d'être avec nous deux ? De faire un essai, peut-être ?

Je secouai la tête.

— Non merci.

— Pas de morsure, promis, ajouta Lame. On n'a encore
jamais mordu de femme.

Je croisai les bras sur ma poitrine. Ma raison avait beau
dire « hors de question », mes tétons n'étaient pas aussi difficiles. Je refusais de leur montrer l'indécision de mon corps.

— Non merci.

Un bip retentit au poignet de Styx.

— Seigneur Styx ? fit une voix masculine.

— Oui ?

— Nous avons des nouvelles du Chasseur.

Mon cœur rata un battement et je m'avançai vers Styx, comme si je pouvais lui prendre le bras pour avoir des informations plus vite.

— Dites-moi.

— Il a été pris en embuscade par les forces d'Astra.

— Où ça ?

— Il se trouvait dans le centre.

La voix était rauque, pleine de colère alors que le corps de Styx semblait s'être changé en pierre. Froid. Dur. Impitoyable. Même ses yeux semblèrent se glacer, tous ses mouvements devinrent lents et calculés comme si ses veines étaient réellement emplies de glace. C'était à la fois terrifiant et rassurant. C'était un pur prédateur, un mâle alpha, et il était furieux.

Furieux de quelque chose en rapport avec Bryn.

— Je vais monter une équipe, dit Lame, qui se dirigeait déjà vers la porte, presque aussi glacial que son chef.

— Qu'est-il arrivé à Bryn ? demandai-je.

Le silence s'éternisa, et Styx me regarda, tout en s'adressant à la voix anonyme qui sortait de son appareil de communication.

— Vous avez des images de surveillance ?

— Oui, Monsieur.

— Envoyez-les chez moi.

L'écran sur le mur s'alluma, et la surface rocheuse de la lune disparut, remplacée par un endroit que je n'avais encore jamais vu. J'avais froid, comme si le regard de Styx et Lame avait glacé la pièce. Je me frottai les bras pour me réchauffer et m'approchai de l'écran pour examiner la scène qui se trouvait sous mes yeux. Une rangée de bâtiments de pierre et de métal s'alignaient le long d'une rue sombre d'un côté. De l'autre, une zone ouverte semblait être bordée d'arbre étrange et d'herbes hautes.

— C'est quoi cet endroit ?

— Le centre. C'est le cœur de notre territoire, entouré de plusieurs rues habitées. Il est situé profondément dans notre territoire. C'est un parc qui entoure nos fermes et nos systèmes biologiques, une zone sacrée. Intouchable.

— Eh bien visiblement, quelqu'un l'a touchée.

J'avais envie de hurler alors que j'étudiais l'enregistrement, sans voir mon compagnon. Je savais qu'il était là, et que ce à quoi j'allais assister serait terrible.

— Où est-il ?

Styx s'avança et me montra une ombre à peine perceptible en haut d'un bâtiment. Je poussai une exclamation. Bryn était immobile, et regardait les membres de la légion de Styx se balader sous ses pieds. Si je n'avais pas su où regarder, je ne l'aurais jamais repéré.

— Votre compagnon est doué.

Je me gonflai d'orgueil, mais seulement deux secondes alors que je le regardais se mettre en mouvement et sauter par terre avec la souplesse et l'agilité de Spiderman, avant d'entrer dans l'un des bâtiments.

Styx s'approcha encore de l'écran et se servit d'une sorte de touche tactile pour avancer la vidéo jusqu'à ce que je me raidisse en voyant Bryn sortir en vitesse du bâtiment et se déplacer comme un éclair dans la nuit, en direction de la zone sacrée, le centre.

L'angle changea pour une vue aérienne, et je réalisai que cette nouvelle caméra devait se trouver sur le dôme de la base, comme un satellite prenant des photos de la surface. De combien de caméras disposaient-ils ? La vie privée existait-elle sur cette lune ?

Bryn ne vit pas les autres sortir des ombres. L'encercler. Le piéger. Mais moi, je les voyais. J'avais envie de crier, de l'avertir. J'avais la chair de poule, mes veines étaient envahies par l'adrénaline.

Les voix nous parvinrent avec clarté. Les menaces de Garvos. Le silence de mon compagnon. Le son des tirs dirigés contre Bryn.

Le poids mort de son corps qui tombait au sol.

Le rire malsain dans la gorge de Garvos alors qu'il se tenait au-dessus de mon compagnon, posait l'une de ses bottes sur son torse, tirait droit dans le cœur de Bryn... brisant le mien.

———

Bryn

Une douleur me réveilla. Pas les courbatures de l'entraînement.

Un coup de poing dans le ventre.

Du sang dans ma bouche, de l'ancien, du frais, le goût du fer et du sel couvrant ma langue et mes dents comme de la rosée sur l'herbe.

Tous les muscles de mon corps me faisaient mal, épuisés par le courant électrique des tirs de ces foutus pistolets. J'avais l'impression d'avoir subi une dizaine de crises de convulsions. Au début de la formation, tous les Chasseurs étaient soumis à un tir non létal de pistolet à ions, mais là, c'était cent fois pire. Ils n'avaient pas tiré qu'une fois. Garvos n'avait pas voulu ma mort, il avait voulu que je souffre. J'avais cru que mon heure était venue, cru qu'il m'assènerait le coup fatal, et que ce serait terminé.

Pas encore.

— Tu te rends compte de ce que tu as fait ?

Garvos vociférait. Je me souvenais vaguement de ses cris, de ses mots durs. Apparemment, il était en plein monologue depuis un moment, et maintenant que j'avais le plaisir de profiter de sa compagnie tout en étant pleinement conscient, mon esprit semblait déterminé à se souvenir de plus de choses que je l'aurais voulu.

Si je n'avais pas ressenti le besoin de retrouver Katie, j'aurais été tenté de me laisser glisser une nouvelle fois dans l'inconscient et de le laisser parler tout seul.

Au lieu de cela, je crachai par terre à ses pieds, et j'ouvris les yeux. Ils m'avaient attaché à un poteau, comme de vrais sauvages, avec un tabouret pour que je ne me retrouve pas par terre, et plusieurs couches de cordes autour du torse pour me faire tenir bien droit et que je puisse servir de punching-ball à Garvos.

Pas de bandeau sur les yeux.

Mes mains étaient liées, mais pas de façon assez serrée pour m'empêcher de m'évader le moment venu.

Imbécile.

J'aurais mieux fait de me taire, mais il avait menacé ma compagne. *Ça,* je ne m'en souvenais que trop bien.

— Je vais te tuer, Garvos.

Ma voix était rauque, sèche.

Il rit et me donna un coup de poing, une douleur qui m'atteignait à peine parmi toutes les autres et les brûlures que m'avaient occasionnées les pistolets.

— Elle va te tuer, Chasseur. Tu as tout gâché, en te pointant ici. Elle n'était pas encore prête.

— Qui ça ? demandai-je.

J'étais perplexe. Il valait peut-être mieux que je reperde connaissance, pour reprendre des forces.

— Prête pour quoi ?

— La guerre.

Derrière moi, un mouvement attira mon attention, suivi par une odeur que je n'avais pas repérée jusqu'à présent.

L'odeur d'une femme.

Elle me contourna et entra dans mon champ de vision. C'était une Hypérionne, son regard dur et sa grande taille évidents. Son visage était creusé par l'âge, mais ses légères rides lui donnaient l'air sévère et dur, pas faible et âgé. C'était une femme alpha au sommet de ses capacités, et je reconnaissais ce visage. J'avais étudié les profils de tous les dirigeants de légions quand on m'avait attribué cette mission. Et cette femme impressionnante était aussi cruelle que les autres, c'était la commandante d'Astra, une légion d'assassins, d'espions et de voleurs, trafiquants d'esclaves, d'informations et de mort. Là où le groupe de Styx était connu pour sa force brute, la légion d'Astra restait dans l'ombre. Des ombres qui tuaient.

— Tauthe d'Astra.

Ses cheveux et sa peau clairs me disaient que c'était une hybride venue des déserts glaciaux d'Hypérion. Les images que j'avais consultées n'avaient que quelques mois. Elle n'avait pas beaucoup changé. La cruauté était peut-être plus facile à lire dans ses yeux, car elle se tenait devant moi, en chair et en os.

— Astra tout court, désormais.

— Astra.

Elle était devenue leur leader, et, comme Styx, elle était désormais appelée par le nom de sa légion, pas par son prénom. Mais tout de même, elle était très intelligente, et ne raterait pas une occasion de retourner la situation à son avantage sur cette lune atroce. J'avais peut-être une chance de m'en sortir, de passer un marché. Garvos était connu partout, à présent, c'était un fardeau. Lui conserverait-elle sa loyauté si à cause de cela son territoire était envahi par d'autres Chasseurs, si Styx et les autres légions la prenaient pour cible ?

— Chasseur Bryn d'Everis. On ne peut pas dire que je sois ravie de vous voir ici.

Sa voix était douce, mais grave, et me faisait penser à un serpent enroulé, prêt à frapper.

Je souris, puis crachai à nouveau, le sang dans ma bouche m'empêchant de parler normalement.

— Arrêtez d'assassiner les miens, et je me ferai une joie de ne plus mettre les pieds sur votre terrain de jeux.

Garvos semblait prêt à me frapper à nouveau, mais elle agita le poignet dans un mouvement presque imperceptible et vint se placer juste devant moi. Nous étions nez à nez, ses yeux bleus aussi glaciaux que des icebergs.

— Que faites-vous ici ?

— Hervan. Sa compagne. Ses fils.

Elle claqua la langue, mais ne nia pas.

— Pourquoi est-ce que vous avez fait ça ? Pourquoi l'avoir visé ?

C'était Garvos qui avait accompli l'abominable tâche, mais c'était elle qui l'avait engagé. Comme il se tenait à ses côtés, cela prouvait qu'elle l'employait toujours. Ces légionnaires impitoyables ne toléraient pas les francs-tireurs. Si Garvos était l'un de ses subordonnés et qu'il avait éliminé une cible aussi importante qu'Hervan, l'un des Sept everiens, sans sa permission, il subirait une mort tellement terrible que je serais même prêt à le plaindre.

Cet espoir fut vite balayé lorsqu'elle haussa nonchalamment les épaules.

— C'était une mission. L'ordre venait d'une autre planète. Je prends le fric. Je fais ce qu'on me dit. Je ne pose pas de questions.

Merde. Je sentais la sincérité dans ses mots, et mon cœur se serra.

— Quelle planète ?

Elle haussa un sourcil, récupéra une serviette dans une bassine posée non loin et essuya le sang que je sentais couler au-dessus de mon œil, avec des gestes presque maternels. Ou en tout cas, c'est ce que je pensai jusqu'à ce qu'elle se lèche les lèvres et que je voie ses crocs.

— J'ai entendu dire que vous aviez une compagne, Chasseur. Une Compagne Marquée.

Il ne servait à rien de nier, alors je gardai le silence.

Dommage.

Elle passa une main sur ma cuisse, son contact comme de l'acide sur ma peau, sa proposition était évidente. Si elle me mordait, je serais à sa botte, d'une façon bien différente de celle de Garvos. Je ne pourrais jamais m'en libérer. Je plissai les yeux et libérai ma cuisse. Katie. Même ma peau savait à qui elle appartenait et rejetait les autres femmes.

— Katie. Elle s'appelle Katie. Et je la veux, dit Garvos en ronronnant presque, tout en nous observant avec ses yeux de Chasseur. Styx la garde enfermée dans sa base.

— Ça t'a déjà arrêté ? lui demanda Astra en m'essuyant de nouveau la joue, mais avec un peu trop de force, ce qui rouvrit la plaie et me brûla. Vas-y, Garvos. Amuse-toi. Je m'occuperai de notre cher Chasseur.

Je bondis vers la porte, les liens me maintenant en place alors que le Chasseur sans foi ni loi s'éloignait de nous avec un sourire malsain au visage.

— Ne t'en fais pas, me dit-il. Je sais comment les faire s'étouffer sur une grosse queue. Tu l'as déjà dressée ? Où est-ce que je vais pouvoir revendiquer cette jolie petite chatte ?

— Je vais te tuer.

C'était la seule chose que je pouvais lui dire, et il était important que je le répète.

— On verra ça, Chasseur. On verra ça.

Le sang bouillonnant alors que je le regardais partir, je priai tous les dieux de toutes les planètes pour que Styx tienne parole et assure la sécurité de Katie. C'est tout ce que je pus faire, car Astra m'enfonça une aiguille dans l'épaule, et tout devint noir.

 *atie*

L'image de Bryn en train de tomber, de la botte sur son torse, de la façon dont son corps avait convulsé sous le dernier tir qu'il avait reçu, ne voulait pas s'effacer. Le temps passerait, mais les images de Bryn en train d'être assassiné seraient à jamais gravées dans ma mémoire. Je ne regrettais pas de les avoir vues de mes yeux. Il fallait que je voie ça, que je sache sans le moindre doute qu'il n'était plus de ce monde. Qu'il était mort. J'étais reconnaissante à Styx de ne pas avoir tenté de me protéger ou de me dissuader de regarder la vidéo lorsqu'elle avait été envoyée à son appartement. Je n'étais pas une pauvre orchidée fragile qu'il fallait protéger.

Je venais de la rue. De la réalité. De la vérité. Même si ça faisait mal.

J'avais besoin de savoir ce qui était arrivé à mon compagnon. De connaître les détails. Savoir qui je devais traquer. Qui je devais tuer.

Et à présent, les derniers instants de Bryn tournaient en

boucle et au ralenti dans mon esprit. Encore et encore. Que mes yeux soient ouverts ou fermés, que la pièce soit éclairée ou plongée dans le noir, ces images me hantaient, inchangées. La rue animée, la nuit noire. La démarche de prédateur de Garvos. Je ne l'avais encore jamais vu, mais désormais, je le connaissais au plus profond de moi. Je connaissais son visage. La couleur de ses cheveux. Sa façon de marcher, de bouger les mains. Et je ne l'oublierais jamais.

Son visage me hanterait, tout comme l'expression sur le visage de Bryn lorsqu'il s'était su condamné.

J'avais traversé la galaxie pour échapper à la vie dans la rue, avec les gangs, les meurtres. Je m'étais rendue sur une nouvelle planète pour me sauver. Tout ça pour rien. Cet endroit aussi m'avait détruite.

Bryn était mort.

Inspire.

Mon Compagnon Marqué.

Expire.

Du temps s'était écoulé. J'ignorais combien, mais je me trouvais dans une sorte de pièce de surveillance. Je ne savais pas comment on les appelait sur Rogue 5, mais trois des murs diffusaient des enregistrements provenant de caméras situées aux quatre coins de la base lunaire, sur le territoire de Styx, le port spatial, le centre — comme l'avait appelé Styx. Une dizaine de personnes étaient assises à leur poste et analysaient toutes les images qui arrivaient. C'était un mélange entre les centres militaires qui envoyaient des missiles et le QG des vigiles d'un supermarché. Ce que j'en avais vu à la télé, en tout cas. Il n'y avait pas d'écrans de télévision. Les images semblaient être diffusées directement dans les murs. La lumière était tamisée — Styx l'avait ordonné à notre arrivée —, et la vidéo de Bryn en train d'être abattu par ce que Styx appelait un pistolet à ions et qui tombait d'une sorte de tour était diffusée sur le mur principal. Ils avaient zoomé, et Bryn était plus grand que nature. Le niveau de détail était impressionnant.

Je vis l'air surpris de Bryn lorsqu'il réalisa qu'il était encerclé, sa douleur intense quand les premiers tirs l'atteignirent. La tache de sang qui s'épanouit sur son flanc. Je ne pus rater la cicatrice sur le visage de Garvos ou son sourire tordu juste avant qu'il lève son arme et tire sur Bryn. À bout portant.

Je regardai la boucle de trente secondes trois fois avant que Styx ne me prenne par l'épaule et me fasse tourner, avant de crier à quelqu'un de remettre le mur en mode S, quoi que cela veuille dire.

— Ça suffit, Katie, dit-il.

— J'ai vu ce qu'il fallait que je voie, répondis-je.

Et c'était le cas. Je connaissais le visage de Garvos. Connaissais les visages de tous les membres de l'équipe qui avait éliminé mon compagnon. Leurs visages étaient clairement visibles, comme si l'acte en lui-même était une provocation, destinée non pas à moi, mais à l'homme qui se trouvait à côté de moi et à sa légion.

La vidéo disparut, remplacée par les images des lieux en direct. Tout semblait paisible. Vide. Des tours semblables à des arbres, de l'herbe et une tache sombre sur le sol, là où mon compagnon avait saigné. Bryn était mort. Son sang sur le sol me le rappelait.

Inspire.

Il était toujours présent à mon esprit. Le visage de Bryn. L'instant où ses yeux étaient devenus vides. Quand sa force l'avait quitté. Quand la *vie* l'avait quitté.

Expire.

Pourquoi étais-je comme anesthésiée ? Je n'étais pas triste. J'étais bien au-delà de ça. Bryn était censé représenter mon avenir. J'avais été appairée à lui. Pas seulement par le Programme des Épouses Interstellaires, qui m'avait conduite sur Everis et à la Pierre angulaire, mais par la marque. J'étais née avec, ce qui signifiait qu'il avait été avec moi depuis ma naissance. Il était *né* pour être mien. Et Garvos me l'avait enlevé. Ces enfoirés vêtus de vert me l'avaient enlevé.

Je me passai les doigts sur la paume. Ma marque était toujours douloureuse, mais ne me brûlait pas autant qu'elle l'aurait dû. Je sentais toujours ma marque, le renflement de peau, les étranges tourbillons sur ma chair, mais je ne la *sentais* pas. Je ne sentais pas mon compagnon. Il y avait un vide là où il aurait dû se trouver dans mon âme.

Cela n'avait plus d'importance. Ma marque m'avait menée à Bryn, mais maintenant qu'il... qu'il était mort, tout cela ne comptait plus. La marque ne me servait plus de guide. De pierre angulaire.

Je ris alors. Le nom du bâtiment où je l'avais trouvé. Où j'étais censée l'avoir attendu. Nue dans son lit. Si j'étais restée sur Everis comme une petite femme bien sage, il aurait disparu sans rien me dire, et ne serait jamais rentré. J'aurais attendu. Souffert. Cogité. Je n'aurais jamais senti son corps se draper autour du mien pour revendiquer ma deuxième virginité. J'aurais été seule, glacée et vide et j'aurais attendu, mourant à petit feu face à son absence. Une mort lente.

Mais j'étais ici. Sur Rogue 5. Bryn était mort, coupé de moi avec une précision chirurgicale qui me laissait en sang, mais la boucle était bouclée. J'en avais terminé. J'étais entourée par des gens que je comprenais, qui me comprendraient. Je ne me cacherais plus. Je ne prétendrais plus que j'étais pure. Gentille. Aimante.

Cette facette de moi était réservée à Bryn. Et son assassin courait toujours.

Bryn et moi n'aurions pas de fin heureuse. Mais je le vengerais. Je pouvais arrêter de me faire passer pour quelqu'un que je n'étais pas et accepter mes côtés sombres, ce que j'étais. Pauvre. Dure. Abîmée. Méchante quand il le fallait. Je pouvais saigner, mais je survivais. Je survivais toujours.

Trouver Bryn — le perdre — me donnait l'impression d'être mon destin, d'une façon tordue. Bryn ne s'était pas attendu à me trouver, il avait dit qu'il était rare pour un Everien de trouver sa Compagne Marquée. Était-ce le destin qui l'avait envoyé sur la Pierre Angulaire pour protéger les nouvelles Épouses ? On lui avait attribué cette tâche pile quand j'étais arrivée, comme si notre rencontre était prédestinée.

Il aurait pu être déjà là, sur Rogue 5, à l'arrivée des Épouses. Si j'avais passé ne serait-ce que quelques jours de plus sur Terre, nous ne nous serions jamais rencontrés, car je me serais trouvée en dehors de la Zone de Proximité. Ma marque ne se serait pas mise à chauffer, nous n'aurions pas partagé de rêves. Je ne l'aurais jamais connu.

Mais nous nous étions trouvés. Et il m'avait revendiquée. Deux fois.

Cette torpeur, ce vide que je ressentais était déjà assez dur comme ça à supporter, même si nous ne nous étions connus que quelques jours. Il avait eu raison. S'il m'avait revendiquée pleinement, je n'imaginais même pas la douleur que j'aurais ressentie.

Mieux valait se sentir engourdi que souffrir. La glace valait mieux que le feu.

— Katie, dit Styx en brisant le silence.

Je détournai les yeux de la tache sombre laissée par le sang de Bryn sur le sol et levai le regard vers lui pour constater que ses yeux étaient plissés, sa mâchoire crispée.

Styx, et à côté de lui, Lame. Des extraterrestres hors du commun. Puissants. Exigeants. Autoritaires.

Mais pas Bryn.

J'étais dans une pièce pleine de gens, mais je ne m'étais

jamais sentie aussi seule. J'avais tenté d'échapper à ma vie difficile, mais c'était impossible. J'étais destinée à ce genre d'existence. Les contes de fées et les fantasmes, c'était pour les autres filles. J'étais chez moi, à présent. Je n'aurais jamais dû tenter d'y échapper.

Rogue 5.

Ma place était là. Tout m'avait immédiatement paru familier, leurs règles, leurs valeurs sociales, parce que j'étais l'une des leurs.

Bryn avait été mon Compagnon Marqué, mais apparemment, mon véritable destin, c'était de vivre sur Rogue 5.

Pourquoi lutter ? Pourquoi continuer de résister à ce que votre voix intérieure vous disait depuis toujours ?

C'est ce que tu mérites. C'est ce que tu es. C'est ta vie.

— Vous l'avez piégé ? demandai-je.

Nous nous étions présentés ici, avions demandé la permission, mais cela ne lui avait peut-être pas suffi.

Styx écarquilla légèrement les yeux, mais je vis les tendons de son cou se crisper, sa main sur mon épaule se refermer.

— Nous avions passé un marché. Je suis un homme de parole.

Je clignai lentement des yeux, et baissai le menton pour lui montrer que je le croyais. Son soupir tomba dans l'oreille d'un sourd. Je savais que mes yeux étaient vides. Je lui posais simplement la question pour déterminer si je devais le tuer, lui aussi.

Styx prit un moment pour donner de l'impact à ses mots. Il était sauvage et impitoyable, mais il avait de l'honneur. Dans cette situation-là, au moins.

— Vous avez vu Garvos. Il est Everien. C'est un Chasseur d'Élite. Vous avez vu les points communs qu'il a avec Bryn. La vitesse de ses mouvements. La caméra était incapable de suivre. Tout ce qu'on a visionné a dû être ralenti, sinon nous n'aurions vu que des ombres. Aucun Hypérion n'est capable de bouger comme ça.

Je hochai la tête. Je savais qu'il disait la vérité. Je me souvins de la façon dont Von s'était battu pour Lexi, avec des mouvements si rapides que j'avais été incapable de suivre le combat, même si je me trouvais à quelques mètres. Leur vitesse était ahurissante.

Je ne pourrais pas aller plus vite que Garvos. Je ne pourrais pas le dominer par la force. J'étais une femme. Humaine. Lente. Faible.

Mais j'étais patiente. Et je savais tendre un piège.

Je n'avais encore jamais tué personne. Je ne l'avais même jamais envisagé – même pas après avoir entendu dire que mon frère avait été tué par le membre d'un gang rival. Mais le granit dans ma poitrine là où mon cœur s'était trouvé se fichait de ce que cela pourrait me coûter. Même mon âme. Bryn avait été mon âme ; alors elle devait déjà être perdue.

— Mais ceux qui l'entourent...

Styx marqua une pause, et je tentai de repasser la scène dans mon esprit. Je tentai de me représenter leurs visages, mais j'en étais incapable. C'était comme s'ils s'étaient envolés dès que la vidéo s'était arrêtée. Tout ce que je pouvais voir, désormais, c'était Garvos. Et Bryn.

— Je ne me souviens pas d'eux, dis-je. Laissez-moi revoir la vidéo.

Lame secoua la tête avec tant de force que sa tresse argentée s'agita sur son épaule.

— Hors de question. Vous n'auriez jamais dû la voir. Les autres personnes impliquées dans l'attaque font partie de la légion Astra. Ils sont Hypérions. C'est notre problème.

— Vous voulez dire que Garvos a été aidé, dis-je, les mots comme pâteux sur ma langue.

— Non, répondit Styx. Je veux dire que Garvos m'a trahi. Je ne peux pas laisser faire sans réagir. Nous lui rendrons justice, Katie, à lui et à ceux qui l'ont aidé. Et vous rentrerez chez vous.

— Ça ne suffit pas, dis-je.

Rien ne pourrait suffire.

— La justice, c'est tout ce que je peux vous offrir, répondit Styx en penchant légèrement la tête, dans l'attente.

Lame était tendu, prêt à bondir, à tel point que si je lui sautais dessus, il aurait sans doute explosé de colère.

— Garvos se trouvait sous mes ordres. Je peux vous promettre que la vengeance sera sanglante.

S'ils s'attendaient à une réaction de ma part, ils seraient déçus. Je n'avais plus d'énergie pour réagir face à ce genre de grands airs de macho.

— Je ne partirai pas. Je ne rentrerai pas sur Everis comme une gentille petite fille pendant que vous resterez ici à chasser.

— Je suis en guerre, dit Styx comme si ça changeait quoi que ce soit.

— *Nous* sommes en guerre, contrai-je.

Styx me souleva le menton avec ses doigts pour que je le regarde. Il attendit que je plonge les yeux dans les siens, que je lui prête attention.

— Votre compagnon est mort. Vous serez envoyée sur Everis pour en choisir un nouveau.

— Non.

— Vous avez été jugée compatible avec Everis par le Programme des Épouses Interstellaires. Vous trouverez un nouveau compagnon.

Je reculai, et ses mains me lâchèrent le menton. Je croisai les bras sur ma poitrine, sur la robe de soie qui me faisait désormais l'effet d'un déguisement sur ma peau sensible.

— Non. Je n'y retournerai pas. Je suis ici pour une raison. Bryn était peut-être mon Compagnon Marqué, mais ça, c'est mon avenir. Rogue 5.

Ni Lame ni Styx ne prit la parole, mais tous les autres guerriers de la pièce écoutaient aussi. J'aurais pu entendre une mouche voler.

— Astra a aidé à tuer Bryn, repris-je. Garvos respire toujours. J'achèverai la mission de Bryn et je vous aiderai à vaincre leur légion.

— Vous n'êtes pas des nôtres, dit Styx. Vous ne vous battrez pas dans nos batailles.

— Ce n'est pas votre bataille, dis-je, la voix de plus en plus forte. C'est la mienne.

— Vous n'êtes pas une Styx.

— Ça peut s'arranger, dis-je en tirant sur le col de ma robe, dévoilant mon cou et une grande partie de mon épaule. Revendiquez-moi. Mordez-moi.

Il y eut un nouveau silence. Lame resta bouche bée, et Styx posa les mains sur les hanches.

— Quoi ? demanda-t-il enfin.

— Vous me vouliez, avant. Et maintenant, plus rien – ou plus personne – ne vous en empêche. Ma place est ici. Revendiquez-moi. Comme ça, je serai une Styx.

Je tirai davantage sur mon col, mais je réalisai que s'ils devaient me revendiquer ensemble, comme ils l'avaient dit, ils devraient me mordre tous les deux. De la peau. Il leur fallait plus de peau.

Je pris le bas de ma robe et la soulevai au-dessus de ma tête, avant de la laisser tomber par terre. Je levai le menton et croisai le regard de Lame, puis de Styx. Je refusais de détourner les yeux. Ils ne me voleraient pas ma vengeance. Bryn méritait au moins ça.

Tous les hommes de la pièce s'étaient figés, comme s'ils avaient trop peur pour bouger. Je me tenais devant Styx, étrangement calme, refusant de ressentir quoi que ce soit malgré le fait que je me tenais là à moitié nue, seulement vêtue de ma culotte, de mon soutien-gorge et de mes bottes, prête à me battre. Apparemment, j'allais en avoir l'occasion.

— Dehors ! s'écria Styx.

Tout le monde se dépêcha de quitter la pièce en silence, à l'exception de Lame.

Les deux hommes s'abstinrent de regarder ma poitrine. J'étais impressionnée.

Styx se pencha et ramassa ma robe par terre. Il me la tendit.

— Couvrez-vous.

Je m'approchai de lui, sans prêter attention à la robe.

— Mordez-moi, répétai-je. Vous me désiriez. Je me donne à vous. Vous savez que je suis vierge, intacte.

Lame ferma les yeux et poussa un grognement, mais Styx ne fit pas un geste.

Je restai immobile. Provocante.

Lorsque Styx s'approcha enfin de moi, j'eus envie de reculer tant il était imposant, mais je me maîtrisai et restai à ma place. Si je devais devenir sa compagne, je ne devais pas montrer ma peur. Je savais comment me comporter. Je ne pouvais qu'espérer que ce qu'il avait dit plus tôt était vrai. Une fois que leur venin serait dans mes veines, ils m'exciteraient. Je n'aurais qu'une envie : coucher avec eux. Ils étaient sublimes, mais j'étais trop engourdie pour en être affectée, mon corps complètement anesthésié. S'ils avaient une formule magique qui pousserait mon corps à les accepter, tant mieux. Je les laisserais me baiser. Je connaissais le prix à payer, savais quelle vie je mènerais. Je survivrais.

Il pencha la tête, et je retins mon souffle alors qu'il passait le nez contre mon cou. Son souffle chaud me balaya la peau, et mes bras nus se couvrirent de chair de poule. Ses lèvres étaient douces alors qu'il embrassait et léchait la zone située à la limite entre mon cou et mon épaule.

— Attention, Katie.

— Allez-y, faites-le.

Bryn était mort. Si je n'avais pas vu la vidéo, le manque de sensibilité et de chaleur de ma marque me l'aurait prouvé. Il n'était plus. Là où son âme avait un jour touché la mienne, il n'y avait plus rien. Rien du tout.

— Vous voulez devenir ma compagne, accepter ma morsure comme une revendication de possession ? Vous m'appartiendrez. Pour toujours. Pas de seconde chance.

Ses lèvres s'attardèrent sur ma peau, allant et venant sur mon épaule alors que je restais parfaitement immobile, le centre de son orbite.

— Et personne ne me quitte, ajouta-t-il.

— D'accord.

Je me léchai les lèvres alors qu'il parlait contre mon épaule. Je restai immobile, tendue, à attendre la douleur aveuglante de sa morsure. J'étais prête à tout pour Bryn. Je lui devais bien ça. Il fallait que je le venge. C'était la seule chose que je pouvais faire pour lui. Devenir un membre des Styx. Accepter la noirceur qui m'avait suivie toute ma vie. Je ne pouvais pas échapper à l'enfer, alors que je le portais tout autour de moi.

Lame pencha la tête de l'autre côté de mon cou, imitant Styx.

— Et je vous mordrai là, dit-il.

Ses dents effleurèrent ma peau délicate et je frémis, concentrée sur un point du mur alors que je patientais.

Je sentais leurs cheveux sur mon visage, la chaleur de leurs grands corps qui m'enveloppait jusqu'à ce que j'aie du mal à respirer et que je lutte pour garder mon calme, garder la tête froide et rester concentrée et déterminée à aller jusqu'au bout. Je ne voulais pas d'eux, mais je pouvais accepter leurs attentions si cela me permettait d'obtenir ce que je voulais : me venger.

— Deux fois plus de venin, ça veut dire deux fois plus de

désir. Le désir de baiser, de s'accoupler, d'être revendiquée. Vous ne pourrez pas quitter notre couche pendant une semaine. Et quand vous le ferez, on vous excitera toujours autant.

Les mots de Styx étaient comme une mise au défi.

— Et vous ? murmurai-je en soutenant le regard de Styx. Vous me désirez, ou non ?

— Touchez nos queues, elles sont dures pour vous. Elles le seront toujours, dit Styx.

Ses mots étaient presque comme un serment. Je ne doutais pas qu'ils étaient excités— ils me l'avaient dit depuis le début —, mais je refusais de les toucher.

— Styx a fait évacuer la pièce pour vous, dit Lame. Si l'on veut vous baiser, on le fera. N'importe quand. N'importe où.

— C'est vraiment ce que vous voulez ? me demanda Styx. Il n'y aura pas de retour en arrière possible. Si nous vous mordons maintenant, votre virginité disparaîtra dans une minute. Vous ne pourrez pas attendre. La première surface plane fera l'affaire pour vous. Là.

Avec Bryn, j'avais aimé que ce soit sauvage et brutal. L'idée qu'il soit trop plein de désir pour attendre de me baiser m'aurait mise dans tous mes états. Mais quand Styx le disait, je ne ressentais... rien.

Ils ne dirent rien de plus. Moi non plus.

Styx me regarda dans les yeux et patienta. Et patienta encore.

Avec un soupir, il s'inclina et me jeta par-dessus son épaule. Il me porta hors de la pièce alors que mes vêtements pendaient entre les doigts de Lame. Je voyais les jambes de Styx, la courbure parfaite de ses fesses. Les pieds de Lame alors qu'il marchait derrière nous. Apparemment, les extra-terrestres — qu'ils soient Everiens ou Hypérions —

aimaient trimballer leurs femmes comme des hommes des cavernes.

Alors cela se ferait au lit. Le venin était peut-être une bonne chose. J'en aurais besoin pour participer à ça et leur faire croire que c'était ce que je voulais. L'idée de feindre un orgasme ne me plaisait pas beaucoup, mais l'idée de tuer non plus.

Aux grands maux les grands remèdes. Le venin fonctionnerait peut-être. Il me permettrait peut-être de vouloir qu'ils me touchent. Me donnerait envie qu'ils me baisent. J'espérais qu'il ferait pointer mes tétons, qu'il me ferait mouiller. Qu'il me donnerait envie d'eux. Au moins un petit peu.

J'entendis une porte s'ouvrir en coulissant, et je me retrouvai sur mes pieds. Styx et Lame se trouvaient devant moi, grands et menaçants.

— Vous vous donnez à nous, mais pas comme compagne. Vous n'êtes pas notre femme. Vous ne nous appartenez pas. Vous nous déshonorez avec votre proposition, Katie.

Je restai bouche bée.

— Mais vous venez de dire...

Styx secoua la tête, prit la robe des mains de Lame et la secoua pour m'en recouvrir.

— Notre morsure est sacrée. Et vous n'êtes pas vous-même. Bryn est votre compagnon.

— Mais il est mort ! m'écriai-je, et je ressentis enfin la douleur.

— Et nous ne vous toucherons pas, pas comme ça.

Il fit un pas vers moi, mais Lame se trouvait déjà à la porte. Le regard sombre de Styx se posa sur mon visage alors que je tremblais, les jambes soudain en coton.

— Redemandez-le-moi quand vous serez à nouveau vous-même, quand vous vous sentirez mieux.

Il se pencha et m'embrassa sur la joue. Son geste tendre me fit plus de mal que ses cris.

Il se retourna et rejoignit Lame, puis il agita la main près de la porte. Elle se referma en coulissant, eux d'un côté, moi de l'autre.

C'est alors que je réalisai que je me trouvais dans la chambre que j'avais partagée avec Bryn, pas dans la leur.

Je me laissai tomber à genoux, le poids de ce qui venait de se passer, de la mort de Bryn, du rejet de Styx, trop lourd à supporter.

Mes larmes se mirent à couler. Des larmes que je n'avais pas versées quand mon père était parti, quand mon frère était mort. Pas même quand j'avais été envoyée en prison. Tout ça avait mené à mon départ pour l'espace, à Bryn. Tout ça pour rien.

Bryn était mort. J'ignorais combien de temps j'avais pleuré, mais à un moment donné, j'avais rampé jusqu'au lit, m'étais glissée sous les draps.

À l'aube, j'ignorais ce que Styx ferait de moi. Il avait été très clair quant au fait qu'il ne me revendiquerait pas. M'enverrait-il sur Everis comme Lame l'avait dit ? Me laisserait-il quelques semaines pour me décider ?

Des images de mon avenir, de la mort de Bryn, me tourbillonnèrent dans l'esprit jusqu'à ce que je tombe dans un sommeil agité.

Ce n'est qu'en cet instant que je trouvai la paix. L'oubli.

Et Bryn.

— Katie, murmura-t-il. Sors d'ici ! Laisse-moi.

— Quoi ?

Surprise, je fus attirée dans son rêve. Son cauchemar.

Une femme lui faisait des entailles avec des couteaux, pas assez pour le mettre en danger, mais assez pour le faire souffrir. Des entailles très fines. Comme celles d'une lame de rasoir, sur ses bras, ses mains.

Sa marque.

— Votre compagne est là en ce moment, Chasseur ? demanda une voix de femme, une femme que je ne connaissais pas.

Bryn, cette espèce d'entêté, garda les yeux fermés.

— Elle m'a drogué, Katie. Je suis désolé. Sors d'ici. C'est un piège.

— Où es-tu ? demandai-je. Ouvre les yeux. Tout de suite.

Je le lui avais ordonné, surprise de découvrir que je pouvais faire réagir Bryn dans cet étrange monde onirique, presque comme si je pouvais contrôler son corps.

J'ouvris les yeux — ses yeux — et les plongeai dans le regard bleu glacier de mon ennemie. Elle était séduisante, la cinquantaine, avec des cheveux blond pâle et un regard vide que j'avais déjà vu. Il était impitoyable. Sans conscience ni remords. C'était le regard de quelqu'un dont l'âme était morte, quelqu'un qui n'avait plus rien à perdre et ne vivait que pour le pouvoir.

— Relâchez-le, dis-je, mais avec la voix de Bryn.

— Vous voilà, dit-elle avec un sourire terrifiant. Dites à Styx de venir chercher son toutou. Je me trouve dans le Centre, section cinq. Et ma chère, j'ai envoyé mon Chasseur à vos trousses.

— Garvos.

J'avais prononcé son nom avant de pouvoir me censurer.

Elle éclata de rire.

— N'oublie pas de crier son nom quand il te baisera. Si tu t'en sors bien, il te laissera peut-être la vie sauve.

Bryn luttait contre moi, son esprit tentait de me repousser, mais les drogues que lui avait fait prendre cette cinglée le piégeaient dans son propre esprit.

La femme pencha la tête sur le côté, et je la regardai approcher une aiguille de mon compagnon. Je tentai de reculer, mais le contrôle que j'exerçais sur Bryn n'était pas total.

Non. Ce n'était pas pour ça.

Je baissai les yeux et m'aperçus que Bryn était attaché par plusieurs couches de lourdes cordes. Des chaînes. Il y avait du sang partout.

J'allais tuer Garvos, et ensuite, je m'en prendrais à elle.

Je levai la tête — celle de Bryn —, et je ricanai.

— Il ne fallait pas me faire chier.

Elle haussa un sourcil.

— Bonne chance, l'humaine. Dites à Styx que je tuerai son Chasseur dans pile une heure. Il sait ce que je veux. Dites-lui de me l'apporter.

— Je ne lui dirai rien du tout.

Elle ne répondit pas, et se contenta d'enfoncer l'aiguille dans le corps de Bryn, ce qui interrompit notre connexion.

Je m'assis dans mon lit, la peau trempée de sueur, le souffle coupé. J'étais sur Rogue 5. Seule. Mais je le savais. Bryn était vivant.

Garvos venait me chercher.

Et toute cette histoire avait été montée pour piéger Styx.

 *atie*

Je savais que Styx protesterait, alors je me servis de la station S-Gen située dans un coin de la pièce pour commander un uniforme de la légion. Cette maudite machine refusait de me donner une arme, alors je réfléchissais déjà à un moyen d'en voler une.

Garvos me traquait, et j'avais besoin de l'aide de Styx pour retrouver mon compagnon vivant.

Vêtue d'une armure et de bottes, je me fis un chignon et criai jusqu'à ce que le garde qui devait se trouver à ma porte — j'avais vu juste — vienne m'ouvrir.

— Il faut que je parle à Styx, dis-je d'un ton calme.

Argent secoua la tête alors qu'elle examinait lentement mon armure, avec un sourire pas très amical.

— Il a assez perdu de temps avec vous. Retournez vous coucher.

Je tapai du pied, l'expression de ma frustration, ce qui était immature, mais je ne pouvais pas lui donner un coup de poing, ce que j'avais vraiment *envie* de lui faire.

— Écoutez, Argent. Bryn est vivant, Garvos est en chemin, et Astra attend de piéger Styx dans le Centre. Il faut que je lui parle. Tout de suite.

Elle avait dû lire quelque chose dans mes yeux — la putain de vérité, peut-être ? —, car elle fit un pas de côté pour me laisser sortir de la pièce.

— Si c'est une blague, je vous taperai dessus jusqu'à ce que vous saigniez.

Elle me rappelait... moi, alors je me contentai de grommeler en retour :

— Très bien. Mais allons-y.

Elle me fit prendre plusieurs longs couloirs et de nombreuses intersections et détours jusqu'à ce que je sois complètement perdue. Convaincue qu'elle le faisait exprès, je m'en fichais. J'ignorais où nous nous rendions, mais lorsque je vis où nous arrivâmes, je compris ses précautions.

La nursery, ou ce qui faisait office de nursery sur Rogue 5. Styx s'y trouvait, torse nu avec un grand homme rougeaud à l'air mécontent debout derrière lui. Styx était couvert d'un enchevêtrement de tatouages que je n'avais encore jamais vus, car ils avaient été cachés par ses vêtements. Fascinée, je fis un pas en avant et examinai l'un d'entre eux alors que le vieil homme continuait d'ajouter une autre branche, un nouveau lien avec le dermographe.

Des noms. C'étaient tous des noms. Des centaines. Peut-être même des milliers. Innombrables. Et où s'arrêtaient-ils ? Son corps tout entier était-il couvert de noms ?

Styx regarda Argent, puis moi, d'un air impassible. Il ne laissait même pas transparaître la douleur que l'aiguille à tatouer devait lui infliger en injectant l'encre sous sa peau.

— Qu'est-ce que c'est ? demandai-je.

Je montrai du doigt les motifs complexes, mais remarquables qu'il avait sur le dos et les flancs. Ils s'enroulaient autour de ses épaules et le long de ses bras, sur le côté de son cou et sous son menton. Et ça, ce n'était que la partie visible.

— Les noms des membres de ma légion, les gens que j'ai juré de protéger, de garder en sécurité, de diriger. C'est un fardeau que je porte, pour me rappeler que mes choix risquent d'affecter d'autres que moi.

Il jeta un regard à l'un des berceaux avec un petit sourire. Dedans se trouvait un petit paquet enveloppé de blanc que je voyais à peine. Un bébé. Endormi. Doux, innocent et magnifique. Même les habitants sauvages de Rogue 5 avaient été parfaits et délicats un jour.

— Et une nouvelle vie nous a rejoints hier. Ce n'est pas ma fille, mais elle est à moi quand même, alors son nom est ajouté aux autres.

Le bourdonnement du dermographe reprit, et Styx me regarda avec une expression calme, impassible. Si je n'avais pas déjà été amoureuse de Bryn... Bon sang. Ce type était... je ne savais pas quel mot utiliser pour le décrire. Son honneur n'était pas qu'une cape invisible qu'il portait sur ses épaules comme une lourde étoffe, mais cette encre en était la preuve.

Je me tournai vers Argent, qui haussa les épaules et tira sur le col de son uniforme pour révéler des inscriptions similaires, bien que plus petites.

— Les noms de ceux qui se trouvent sous mes ordres. Ceux qui m'ont prêté serment. Styx est comme ça, Katie. On est comme ça.

Leur loyauté absolue me surprenait plus que tout. Ce n'était pas comme les gangs terriens. Ils avaient beau demander le même type de loyauté, la confiance n'était pas aussi développée chez eux.

« *Personne ne me quitte.* »

Les mots de Styx résonnaient dans mon esprit avec une force toute nouvelle. Et j'allais avoir besoin de cette loyauté pour sauver Bryn. Je pris une grande inspiration et me tournai de nouveau vers l'homme qui me regardait comme s'il avait tout son temps. C'était peut-être son cas, mais pas le mien.

— Écoutez, Bryn est mon Compagnon Marqué.

— C'est ce qu'il a dit.

Styx bougea dans son siège, mais le bruit de l'aiguille continua.

— Vous savez ce que ça signifie ?

Son regard vide était éloquent, alors je poursuivis :

— Nous partageons des rêves. Quand on dort, nos esprits peuvent se rencontrer, partager des expériences, des idées, d'autres… choses.

Je rougis en prononçant ces derniers mots et Argent s'esclaffa, mais Styx ne bougea pas. C'était comme parler à un mur.

— Écoutez, j'étais endormie, tout à l'heure, et Bryn était là. En vie. Mais une espèce de cinglée blonde du nom d'Astra l'avait drogué, et elle m'a dit de vous transmettre un message.

Le vieil homme avait terminé, et il essuya la peau de Styx avec un produit nettoyant qui sentait l'alcool à 90 °. Styx remit son haut d'uniforme sans se presser. Oui, il avait vraiment tout son temps.

— Et quel était ce message ?

— Elle dit qu'elle tient Bryn — elle l'a appelé votre toutou — dans le Centre, dans la section cinq. Elle dit que vous savez ce qu'elle veut et que vous devez le lui apporter dans la prochaine heure, sans quoi elle tuera Bryn. Et elle dit que Garvos est en chemin.

Il haussa un sourcil noir.

— Et qu'est-ce qui pourrait convaincre Garvos de prendre tous ces risques en pénétrant sur mon territoire ?

Je poussai un soupir.

— Moi.

— Ah.

Je m'étais attendue à une réaction plus importante. Quelque chose. N'importe quoi. Pourquoi n'était-il pas énervé ?

— Alors ? insistai-je.

Styx se leva, et bien que je me sois attendue à de la colère de sa part, il était d'un calme agaçant.

— Argent ?

Elle se tendit.

— Seulement Lame, ou tout le monde ?

— Tout le monde. Tous ceux qui nous doivent une faveur.

— C'est comme si c'était fait. Tout le monde sera prêt dans vingt minutes.

— Dix, plutôt.

Elle hocha la tête une fois.

— Bien, Monsieur.

Puis, elle disparut.

Les mains sur les hanches, je tapai du pied.

— Alors ? Qu'est-ce que ça signifie ?

— Ça signifie qu'on part en chasse.

Il se dirigea vers moi, et je lui emboîtai le pas alors qu'il me conduisait vers la salle de contrôle où j'avais laissé tomber ma robe par terre seulement quelques heures plus tôt.

Dieu merci, ils n'avaient pas fait ce que je leur avais demandé. Quand j'avais été au fond du trou. Si Styx m'avait mordue, m'avait baisée alors que Bryn était toujours en vie ? Je frissonnai.

C'était trop terrible pour y penser.

— Merci. D'avoir dit non. De ne pas m'avoir laissée…

Je me frottai les bras alors que je réalisais la vraie valeur de l'honneur de Styx. C'était peut-être le roi des voleurs, mais il m'avait sauvée de moi-même.

— Vous n'étiez pas vous-même.

Il me jeta un regard bref alors qu'il traversait le couloir à grands pas.

— Et prendre une compagne qui ne veut pas vraiment de moi ne m'intéresse pas.

— Je suis désolée.

Pfiou. Ma proposition avait été inconsidérée, mais aussi insultante. Il méritait une femme qui le désirait, lui et lui seul. Enfin, Lame aussi, peut-être.

Nous étions à la porte, à présent, et j'entendais les autres bouger dans la pièce. Styx s'arrêta et me fit pivoter vers lui.

— Vous aimez votre compagnon, Katie. Je le respecte. Je savais que c'était votre chagrin qui parlait. Vous n'avez pas à vous excuser.

J'essuyai une larme. Je n'avais pas réalisé que je pleurais. Ce n'était pas le moment. Je déglutis avec difficulté et me repris en mains.

— Vous m'avez crue quand je vous ai dit que mon compagnon était toujours en vie. Vous avez tout de suite organisé vos troupes. Vous êtes quelqu'un de bien, Styx.

— Non. Je ne le suis pas. Ces gens n'ont pas besoin de ma bonté. Votre compagnon n'a pas besoin de ma bonté. Je suis le monstre qui dévore le monde.

Cela me fit rire sans bonne raison.

— C'est pourtant les vôtres qui vont sauver Bryn. Je viens avec vous. Vous le savez.

— Très bien. Vous resterez dans l'un des véhicules jusqu'à ce que la zone soit sûre.

— Je veux une arme.

— Non.

— Alors j'en volerai une.

J'étais très sérieuse.

Il sourit, conscient que je disais la vérité.

— Très bien. Je vous autorise à porter un pistolet à ions réglé sur un niveau non létal.

— Et un couteau.

Il rit, mais je savais qu'il me donnerait ce que je voulais, alors je lui souris.

— Bien. C'est réglé, dis-je. Maintenant, vous pouvez vous transformer en monstre pour dévorer cette dingue d'Astra avant qu'elle tue Bryn... encore ? Et Garvos doit déjà se trouver dans les parages. Servez-vous de moi pour l'attraper. Je serai ravie de jouer les appâts.

Le sourire de Styx était un peu triste, mais ses yeux étaient plus tendres que jamais.

— J'aurais été honoré d'ajouter votre nom sur ma peau, Katie. Si les choses avaient été différentes. Si je vous avais rencontrée en premier.

— Si les choses avaient été différentes, répétai-je.

Si je n'avais pas été déjà dévouée corps et âme à Bryn, cet homme aurait été irrésistible.

Il agita la main, et la porte s'ouvrit en coulissant pour révéler le chaos d'une grande équipe armée jusqu'aux dents en train de se préparer à la guerre.

— Après vous, dit-il.

———

Katie

J'étais enfermée à clé dans une chambre. Encore. Mais au moins cette fois, j'étais armée.

Styx m'avait installée dans une zone moins sécurisée de la base, une chambre d'amis utilisée par les gens en qui la légion avait confiance. Apparemment, la chambre qu'il nous avait donnée à Bryn et à moi ne s'était pas trouvée dans la zone « de confiance ». Astra était quelqu'un que Styx connaissait, et mon rêve lui paraissait crédible. Je savais qu'elle était diabolique, mais le fait qu'ils se soient mis en branle sur-le-champ, à entrer des données sur leurs machines et à changer les choses pour s'assurer que Garvos me trouverait, prouvait à quel point Styx la détestait.

Je lui avais demandé ce qu'Astra voulait qu'il lui apporte, mais il s'était contenté de secouer la tête et de s'éloigner. Quoi que ce fût, c'était sérieux.

Des secrets. Tout le monde en avait. Je n'avais pas l'intention d'insister alors qu'il allait sauver mon compagnon.

Alors je me tus. J'allai là où Argent m'avait dit d'aller, m'allongeai sur ce lit à la con, et fis semblant de dormir. Mon esprit était tout embrouillé. J'étais extatique à l'idée que Bryn soit encore en vie. Contente que Styx me croie. Agacée que l'on ne me dévoile pas tout. Et pourtant j'étais là. À jouer les appâts. Le temps avançait lentement à présent, très lentement. Vingt minutes passèrent.

Ce qui signifiait qu'Astra allait tuer Bryn dans moins d'une demi-heure.

Espérer qu'un tueur allait pénétrer dans la chambre était peut-être de la folie, mais c'était ce que je voulais. Si Garvos en avait après moi, j'aimais autant qu'il se dépêche.

La zone de ce bâtiment était censée être sûre. Pas de gardes. Pas d'alarmes. Profondément enfouie en territoire Styx. Un endroit où seul un Chasseur pourrait m'atteindre.

Le lit était moelleux, et les draps sentaient le frais, comme des pétales écrasés. Étrangement féminin dans un monde si cruel.

Mais après tout, Rogue 5 et Styx étaient pleins de contradictions passionnantes.

Je n'entendis rien. Pas de bruit de porte qui s'ouvre. Pas

de pas. Pas de respiration. Rien. Puis Garvos se trouva... juste là.

— Tu peux arrêter de faire semblant de dormir, Katie.

Sa voix me submergea, et je grimaçai intérieurement. Entendait-il le martèlement de mon cœur, la vague d'adrénaline qui se déversait dans mon organisme ? Je veillai à ne pas bouger, en espérant que les hommes de Styx surveillaient les enregistrements du micro placé à côté de moi, dans mon oreiller. Ils s'étaient attendus à ce que Garvos fasse sauter les systèmes de communication habituels des environs, alors j'avais un appareil de secours. Ma vie dépendait désormais d'un vieux micro de la taille d'un bouton. Les membres de la légion Styx étaient censés débarquer en masse dans la chambre pour éliminer Garvos.

Il fallait que je gagne le plus de temps possible pour leur permettre d'arriver.

C'était risqué. Je l'avais su lorsque j'avais donné mon accord. Mais en touchant l'esprit de Bryn, j'avais compris que le Chasseur n'était pas là pour me tuer. Il voulait me faire du mal. Jouer avec moi d'abord. Me prendre ce que je n'avais pas encore donné à mon compagnon, ma virginité, mon corps. Détruire le Chasseur qui m'aimait, le Chasseur qui avait osé le traquer.

Alors, j'ignorai Garvos et gardai les paupières fermées. Il n'avait peut-être encore jamais rencontré d'humains. Il ne savait peut-être pas à quoi nous ressemblions ou quels bruits nous émettions quand nous dormions.

Ou alors, il me poignarderait dans le dos.

Cette fois, quand il bougea, j'entendis quelque chose de lourd tomber par terre avec un bruit sourd, et j'espérai qu'il s'agissait de ses armes. Puis, le lit se creusa à côté de moi, et je compris qu'il était tombé dans le piège.

— C'est l'heure de se réveiller et de jouer.

Une seconde. Une seconde. Je luttai contre la bile qui me

montait dans la gorge, contre la panique qui m'étouffait. Se réveiller et jouer ? On aurait dit un tueur en série tout droit sorti d'un film d'horreur des années quatre-vingt.

Une seconde.

L'une de ses mains se posa sur mon épaule, l'autre sur ma hanche. Je ne pus m'empêcher de frissonner à son contact.

Je serrai les doigts sur le couteau caché sous mon corps. J'étais prête. Lorsqu'il me ferait rouler sur le dos, je lui donnerais un coup de poing dans le nez, et un coup de couteau dans le ventre.

Et je ne raterais pas ma cible.

Il me tira lentement vers lui, comme s'il savourait cet instant.

Je me servis de ce mouvement pour me retourner brusquement et frapper fort. Vite.

Il bloqua mes deux coups. Mon poing rata son visage, et mon couteau se planta dans son avant-bras.

— Sale garce ! Je t'aurais faite mienne !

Je traversai le lit à quatre pattes, terrifiée lorsqu'il ne tentait même pas de m'en empêcher. Ses yeux rougeoyaient comme des enfers jumeaux alors qu'il retirait la lame acérée de sa chair avec lenteur, comme pour savourer la douleur. J'en avais la nausée.

Je n'eus pas le temps d'avoir peur. La porte s'ouvrit, et Styx entra, saisit Garvos, et le projeta contre le mur. Le Chasseur le heurta avec un bruit sourd, et le sang de son bras éclaboussa la pièce.

Les hommes de Styx encerclèrent Garvos, leurs pistolets braqués sur lui alors qu'il regardait dans tous les sens, tentant de jauger ses options, de chercher une issue.

Styx l'ignora, faisant visiblement confiance à ses hommes pour qu'ils s'occupent du Chasseur, et il m'examina.

J'avais le souffle court, comme si j'avais couru un marathon au lieu d'avoir roulé sur le lit et poignardé un mec dans le bras. Je n'arrivais pas à parler, ma bouche était sèche. Mon estomac se souleva. Je baissai le menton pour lui indiquer que j'allais bien, et il se dirigea droit sur Garvos, l'attrapa par la tête et lui tordit le cou jusqu'à ce qu'il se brise.

Fini.

Mort.

Styx le laissa retomber comme un tas d'ordures. Déjà oublié.

Nom de Dieu. C'était aussi simple que ça. Pas de grand combat, d'échanges de tirs, d'explosions ou de courses poursuites comme à la télé. Je grimaçai en repensant au craquement qu'avaient fait ses os, mais cela n'avait duré qu'une seconde.

Styx fit quatre pas vers moi et me tendit la main. J'aurais dû avoir peur de lui, j'aurais vraiment dû, mais je n'avais plus de terreur disponible pour moi-même. Seulement pour Bryn.

Il avait fait exactement ce qu'il avait promis. J'avais douté qu'il veuille m'utiliser comme appât, mais il avait suivi mon plan. M'avait protégée. Avait tué Garvos. Mais bien qu'il l'ait fait pour me protéger, ç'avait seulement été un obstacle sur sa route pour atteindre Astra. Maintenant que Garvos était mort...

— Venez, Katie. Allons sauver votre compagnon.

Je plaçai ma main dans la sienne et le laissai m'aider à me mettre debout.

11

Si Astra avait voulu me tuer, j'aurais été mort depuis longtemps.

Au lieu de cela, elle faisait les cent pas devant moi et laissait l'air entrer et sortir de mes poumons, le sang couler dans mes veines. Les entailles qu'elle m'infligeait n'étaient pas profondes, et d'après la façon dont ses soldats reniflaient l'air, j'en déduisais que mon sang avait un but précis.

J'étais un appât.

Et ces hybrides hypérions pouvaient me sentir aussi facilement que je les sentais eux. Peut-être même plus facilement. Je ne savais pas grand-chose des barbares primitifs qui peuplaient la planète située plus bas, mais je savais que les légions de Rogue 5 étaient puissantes, intelligentes et mortelles. Elles opéraient comme des meutes, aussi instinctives que résistantes. Leurs membres survivaient, florissaient, formaient une armée impressionnante.

— Styx est en approche, lança l'un des éclaireurs depuis

les poutres du plafond, où il était perché comme un oiseau pour regarder par une petite fenêtre.

Astra croisa les bras.

— Il est seul ?

— Non.

— Non, bien sûr.

La résignation lui marquait le front, mais elle fit signe à l'un de ses larbins d'ouvrir les doubles portes.

J'avais tâché de me libérer les mains, le va-et-vient de la douleur me ralentissant beaucoup, et je profitai de cette distraction pour briser le dernier lien qui me retenait, mais je gardai les mains en place. Dans l'attente. Ils en connaissaient beaucoup moins sur les aptitudes des Chasseurs que je ne l'aurais cru. Les menottes que j'avais utilisées sur Katie auraient suffi à me garder prisonnier, leur métal puisé dans les profondeurs d'Everis. Mais ces cordes ? C'était un jeu d'enfant pour un Chasseur en forme.

Astra s'avança jusqu'à ce que sa silhouette soit soulignée par la lumière vive provenant de l'extérieur du bâtiment. Elle se tenait seule au centre de la pièce, à attendre son ennemi.

Tous les yeux étaient braqués sur Styx et son groupe alors qu'ils approchaient. Ils étaient huit, même si j'en voyais d'autres derrière eux, au moins quarante gardes armés. Astra n'avait pas appelé autant de renforts pour me surveiller. Non, elle estimait que Styx était un ennemi puissant et fort qui nécessitait beaucoup d'hommes armés. Je ne pouvais qu'espérer que cela signifiait qu'il était assez doué pour assurer la sécurité de Katie.

— Il s'est ramené avec toute sa putain d'armée, geignit l'un des hommes situés à ma droite. Il va nous attaquer.

— Mais non.

Astra ne semblait pas inquiète, et son calme sembla rassurer les autres.

Cette petite guerre civile ne m'intéressait pas beaucoup. Jusqu'à ce que je voie qui se trouvait à la droite de Styx.

Revêtue de l'armure noire des soldats de Styx, avec une bande argentée sur le bras, Katie était une inconnue. Son regard était dur. Glacial. Elle portait un couteau et un pistolet à ions bien en évidence, comme un avertissement. Sa démarche était assurée. On aurait dit l'une des leurs.

Une tueuse. Bon sang. Styx avait-il mordu Katie ? L'avait-il revendiquée ? J'eus envie d'oublier de faire profil bas et d'attaquer sur-le-champ.

Les deux soldats Astra qui me surveillaient au fond du petit bâtiment — qui n'était pas beaucoup plus grand que ma navette — allèrent entourer leur commandante, m'ignorant complètement maintenant que la mort se trouvait à leur porte. Ils me voyaient visiblement comme un faible, loin d'être une menace pour eux, comparé avec Styx.

Je me débarrassai des cordes lâches et bondis sur les poutres. Mes blessures n'avaient pas affecté ma rapidité ou ma vitesse. J'atteignis le chien de garde d'Astra en silence et par surprise, lui arrachai son arme des mains et le jetai sur le sol dans un bruit sourd.

Quand Astra leva les yeux vers moi, j'avais un pistolet braqué sur sa tête.

— Pas un geste.

— Vous ne m'intéressez pas, Chasseur, dit-elle en levant les yeux au ciel, avant de se détourner.

J'avais envie de la tuer, mais quelque chose m'en empêcha.

Elle n'était pas la cible de ma Traque. Et je n'avais jamais tiré dans le dos de quelqu'un. Ce n'était pas aujourd'hui que j'allais commencer. Il se passait quelque chose d'étrange entre Astra et Styx, et apparemment, j'allais laisser faire les choses. Je n'avais pas le choix, surtout avec Katie juste en face de moi. Non, juste en face d'Astra.

— Touchez à ma compagne, et vous mourrez tous, dis-je.

C'était le seul avertissement que je lui donnerais.

— Compris.

Elle me chassa d'un geste, et je reculai pour observer cette drôle de... réunion. En cet instant, j'ignorais quel était le véritable danger. Tout ce que je savais, c'était que je devais protéger Katie.

Styx s'arrêta juste en dehors de mon champ de vision, alors je me déplaçai le long des poutres du plafond jusqu'à me retrouver derrière Astra, afin de pouvoir regarder à l'extérieur. Pour voir Katie. Pour la protéger.

— Astra, la salua Styx.

— Styx.

Elle ne bougea pas, les bras de chaque côté du corps.

— Garvos est mort ?

— Bien sûr, dit Styx en baissant le menton, comme si sa question l'avait offensé, avant de jouer les diplomates. Je te remercie.

— Les traîtres, c'est mauvais pour nous tous, dit-elle.

— Je suis d'accord.

— Et à présent, tu me dois un service.

Il marqua une pause, comme s'il pesait le pour et le contre.

— C'est d'accord.

Katie se balançait d'un pied sur l'autre, impatiente, mais j'attendis qu'elle lève les yeux sur moi, qu'elle croise mon regard. La marque sur ma paume me brûla, et je lui souris alors qu'elle se frottait la main sur la cuisse, consciente de l'attirance entre nous. Du feu. Elle n'appartenait pas à Styx. Elle était toujours mienne. J'ignorais ce qui était en train de se passer ici, mais ce serait bientôt fini, et elle serait à moi. Pour toujours. Je pourrais la revendiquer et l'emplir de ma semence. La prendre dans mes bras en dormant. La voir grossir en portant mon enfant. La protéger, l'admirer et l'aimer.

Je l'aimais. Pas seulement son corps, ou la marque sur sa paume, mais ses douleurs passées, sa détermination, le courage que je lisais dans ses yeux en cet instant. Elle ne venait pas d'ici, pas même de cette région de la galaxie, mais elle se tenait droite et fière, affrontait une adversité dont elle ignorait tout. Pour moi. Elle était innocente et féroce, belle et intelligente. Et elle était mienne.

— Tu sais ce que je veux, Styx, dit Astra, interrompant mes réflexions.

— Ça pourrait causer une guerre entre les légions, répondit Styx.

Cette éventualité ne semblait pas l'inquiéter. On aurait dit qu'il parlait des récoltes, de la pluie et du beau temps, ou de la couleur de ses chaussures. Mais toutes les personnes présentes étaient prêtes à passer à l'action, la tension entre les deux leaders étaient à couper au couteau.

— Dis-moi son nom.

Qui ça ? Cet affrontement avait-il lieu au sujet d'une autre personne ?

— Et si je refuse ?

— On se battra. On mourra. Ici, maintenant. C'est à toi de voir.

Avec un soupir, Styx s'avança, et alors que les gardes des deux camps restaient au garde-à-vous, crispés, il murmura quelque chose à l'oreille d'Astra. Un nom. Un nom que je n'entendis pas.

Quand il eut fini, Astra recula et fit signe à ses hommes d'évacuer la zone. Elle passa devant Styx sans le regarder, et ses soldats la suivirent comme des marionnettes. Obéissants. Las. Ils surveillaient les gardes de Styx, en s'assurant qu'ils ne faisaient pas le moindre geste d'agression. Astra les ignorait tous comme une reine face à son troupeau.

Moins d'une minute plus tard, les soldats de Styx se retrouvèrent seuls à l'entrée du bâtiment, et je regardais au-delà du canon de mon pistolet, droit vers les yeux brillants de larmes de ma compagne.

— Vous avez une tête de déterré, me lança Styx.

Je sautai à terre et atterris sur la pointe des pieds sans le moindre bruit.

— Je n'ai que quelques égratignures. Astra ne s'intéressait pas à moi. Je n'étais qu'un pion.

— Oui. J'aurais dû m'y attendre quand je vous ai autorisé à chasser sur mon territoire.

Katie se mit à courir et se jeta dans mes bras. J'enfouis le nez dans ses cheveux et passai mon bras libre autour d'elle, content de la sentir pressée contre moi une fois de plus. Elle était mon foyer.

— Tu veux bien lâcher ton couteau, avant de me poignarder ? lui demandai-je.

J'entendis la lame heurter le sol.

— Et donne ton pistolet à ions à Styx, s'il te plaît.

Sans me quitter des yeux, elle tendit le bras derrière elle pour donner son arme à Styx. Ce n'est qu'alors que je poussai un soupir, que je sentis ses mains sur mon corps. Elle était en sécurité.

Je regardai Styx par en dessous, peu désireux de m'éloigner de Katie, ne serait-ce qu'un petit peu.

— C'était quoi, toute cette histoire ? demandai-je.

Styx me regarda.

— Vous avez l'intention de prêter allégeance à la légion, Chasseur ?

— Non.

Certainement pas. Pas maintenant. Jamais. Je ne tournerais jamais le dos à mes devoirs envers Everis, envers ma compagne. Elle vivrait dans la paix et le confort, entourée de choses agréables. De belles choses. D'enfants, de rires, d'innocence et de lumière, tout ce que je pourrais lui procurer. Et je commencerais par les enfants dès qu'elle serait nue sous mon corps, en sécurité entre les murs épais de la Pierre Angulaire.

— Alors vous n'avez pas besoin de le savoir.

Katie s'accrochait à moi, et je glissai mon pistolet à ions dans mon holster – il avait appartenu au garde d'Astra, mais je le garderais pour moi – pour la prendre dans mes bras.

— Garvos est vraiment mort ? demandai-je à Styx.

— Oui, répondit-il.

Ma compagne renifla et eut un petit hoquet de désarroi.

— Styx l'a éloigné de moi et lui a brisé la nuque.

Je poussai un grognement avant même d'avoir pu assimiler ce qu'elle venait de dire.

— Éloigné de toi ?

Si je n'avais pas eu ma compagne dans mes bras, j'aurais bondi sur Styx. Il était censé la *protéger*.

— Vous avez mis ma compagne en danger ?

Katie me donna un petit coup de poing dans les côtes.

— Arrête, Bryn. Ça faisait partie du plan. Il fallait qu'on l'appâte. Pour l'attraper. Pour le tuer.

Par les dieux ! Je sentis mes yeux brûler de mes instincts de Chasseur, et je sus que Styx avait perçu le danger, car il changea de position, prêt à parer une attaque de ma part.

— Vous vous êtes servi de ma compagne comme d'un appât ?

J'étais certain que mon rugissement était audible à un kilomètre à la ronde. Katie se raidit dans mes bras, et je sentis ses bras glisser sur mon corps, comme pour m'apaiser, mais cela ne marcha pas.

Styx haussa les sourcils et recula. Il souriait. Cet enfoiré était en train de me sourire.

— C'est elle qui a insisté. De rien.

Il se tourna vers ses soldats. Visiblement, le sujet Garvos

était clos, mais ses prochains mots me firent comprendre que ce n'était pas tout à fait le cas.

— La prime sur sa tête me revient toujours, Chasseur.

J'enfouis les mains dans les cheveux de Katie et tentai de dénouer la coiffure qu'elle s'était faite. Je voulais les libérer. Qu'ils balayent mon corps comme la plus douce des soies.

— Garvos est mort. C'est tout ce que j'attendais de lui. Je le préfère mort que vivant et en prison.

— Parfait. Alors on peut rester amis, dit Styx.

Il s'éloigna, et Katie recula enfin assez pour lever les yeux vers moi.

— J'ai cru que tu étais mort, dit-elle, sa voix rendue rauque par l'émotion.

— Je suis désolé. C'est terminé, maintenant. Je suis vraiment désolé.

Je baissai la tête et l'embrassai tendrement, encore et encore, des milliers de mots d'excuse dans chaque contact de mes lèvres.

Elle plaqua les paumes sur mes tempes et me tira vers elle. Avec force. Passion. Autorité. Lorsqu'elle me lâcha pour nous laisser respirer, nous étions tous les deux essoufflés.

— Ne me refais plus jamais un truc pareil, dit-elle.

Une larme lui roula sur la joue, et je la capturai avec mes lèvres.

— Tout ira bien, Katie. C'était ma dernière Traque. Je te le promets. C'est fini. Plus jamais ça.

Une larme devint deux larmes. Puis dix. Mais elle soutint mon regard.

— Je t'aime, tu sais. Si tu te fais tuer, je serai très, très fâchée.

— Moi aussi, je t'aime. Tu es mienne. À tout jamais. Je ne te laisserai plus jamais.

— Tant mieux.

Le bras droit aux cheveux d'argent de Styx, Lame, nous

attendait devant les portes ouvertes. Nous étions les derniers retardataires.

— On y va, dit-il d'un ton impatient. À moins que vous ne souhaitiez vous frayer un chemin à travers quatre légions pour quitter le Centre et cette planète en vie.

Katie le regarda, rougit — j'allais devoir lui poser des questions — et rit. Rester ici ? Le contact de son corps voluptueux avait beau faire ressortir mon instinct de reproduction, je savais que c'était le dernier endroit de l'univers où je voulais la revendiquer. Il était temps de partir, comme il l'avait dit. Je n'avais pas l'intention d'argumenter, de nous retarder, ou de mettre qui que ce soit d'autre en danger.

— Je me suis assez battu, dis-je. J'ai envie de vivre une existence ennuyeuse, pendant un moment.

Je reposai Katie sur ses pieds. Elle me prit par la main et me tira vers Lame et le dernier véhicule restant.

— Allez, compagnon. Rentrons à la maison.

La *maison*. Everis. Ce simple mot me remplit de fierté.

Je m'étais attendu à ce qu'ils nous conduisent à la base de Styx, mais Lame nous conduisit droit vers le port spatial où nous étions arrivés. Ils étaient en train de charger le cercueil de Garvos dans la cale, et Lame me fit signe de monter à bord. Il monta après nous.

Katie fit un signe d'adieu à la jeune femme aux cheveux d'argent qui se tenait sur le quai pour nous regarder partir. Lame et deux autres membres de la légion de Styx se tenaient dans la petite cabine de pilotage, leurs armes à portée de main.

C'était comme si quelqu'un avait pressé un interrupteur. Ils étaient très pragmatiques à présent. Pas de sourires. Pas d'amitié. Pas d'histoire partagée. Ils voulaient faire vite. Si je n'avais pas été aussi impatient de ramener Katie sur la Pierre Angulaire, j'aurais peut-être été vexé. Et lorsque je surpris Lame en train d'admirer les courbes de Katie ?

Je grognai. Il haussa les épaules comme s'il n'avait tout simplement pas pu s'en empêcher. Il s'installa dans l'un des fauteuils et mit son harnais de sécurité.

— Emmenez-nous de l'autre côté du champ d'astéroïdes. Vous vous téléporterez de là-bas.

— Et mon vaisseau ? demandai-je.

Il n'avait pas l'intention de nous laisser regagner Everis en volant. Je ne savais pas pourquoi. Et puis merde, après tout ce qui s'était passé, je m'en fichais. Les soucis de Styx n'étaient pas terminés, mais c'était son problème à lui, comme il l'avait fait remarquer. À moins que je souhaite m'attarder sur Rogue 5, ça ne me concernait pas. J'étais persuadé que Lame et ses acolytes resteraient aux côtés du leader de leur légion. Mais ce n'était pas mon histoire.

En entendant ma question, Lame eut un sourire de mercenaire.

12

B *ryn*

Jamais je n'aurais pensé rire avec le canon de l'arme de Lame enfoncé dans la poitrine. Mais quand lui et ses deux hommes avaient affirmé que ma navette avait été réquisitionnée ? Que Styx la gardait comme paiement en plus de la prime pour Garvos ? Que Katie et moi serions téléportés à l'instant où nous quitterions le champ magnétique de la ceinture d'astéroïdes ? Je donnai mon accord sans hésiter. Ce n'était pas moi qui allais faire des histoires. En fait, j'aurais même pu l'embrasser. Au lieu de cela, je serrai la main de l'Hypérion et lui souhaitai bonne chance avec sa nouvelle navette avant de prendre ma compagne par la taille et de la serrer contre moi alors que le technicien entrait les coordonnées de la Pierre Angulaire dans le téléporteur portable et nous faisait disparaître de l'espace hypérion.

Quand j'ouvris les yeux et vis la station de téléportation familière, mais utilitaire de la Pierre Angulaire, je poussai un soupir. Lorsque le cercueil contenant les restes de Garvos apparut quelques secondes plus tard, je serrai Katie avec encore plus de force contre moi et fronçai les sourcils alors que l'équipe de sécurité faisait disparaître l'objet lugubre. Je ne voulais plus jamais penser à lui, à ce qu'il avait failli me coûter.

— Katie ! s'écria Lexi.

— Attends, lança Von en prenant la terrienne par la main pour la retenir. Je ne veux pas que tu te téléportes par accident.

Je vis l'expression ravie et soulagée de mon ami lorsque je sortis de la plate-forme avec Katie. Lexi enlaça son amie. Elle m'enlaça moi aussi à moitié, car je refusais de lâcher ma compagne. Quelques secondes plus tôt seulement, nous nous trouvions juste à l'extérieur de la ceinture d'astéroïdes de la lune, Lame à nos côtés. Il me faudrait un peu de temps avant de réaliser que nous étions vraiment en sécurité. Pas de machinations, pas de guerres de territoire.

— J'étais si inquiète ! Je croyais que tu dormais dans ta chambre, et quand je suis allée te chercher, tu avais disparu !

Oui, elle avait dû avoir peur, et je compris que Katie n'avait même pas parlé à ses plus proches amies de son plan de me séduire dans mon lit — ou de se faufiler à bord de ma navette, en direction Rogue 5.

Je regardai Von par-dessus la tête de nos compagnes. Il serra la mâchoire et plissa les yeux alors qu'il m'examinait. Je me sentais mieux que ce que mon apparence pouvait suggérer. J'étais couvert de petites entailles et de sang. Je restai bien droit sous son regard insistant et le laissai m'observer.

— Tu as une sale mine. Mais ta mission est réussie, d'après ce que j'ai entendu. Et vu.

Il fit un signe de tête en direction du cercueil de Garvos.

Je poussai un grognement, peu désireux de revivre les événements qui s'étaient déroulés sur la lune sauvage.

— Oui. Le corps de Garvos nous a été remis, et la légion

Styx a récupéré la prime. Le paiement des Sept a bien été transféré ?

Von hocha la tête.

— Oui. Styx a été payé. Mais tu aurais dû envoyer quel-qu'un d'autre pour cette traque.

Il ne développa pas son propos, mais comme j'avais trouvé ma Compagne Marquée, j'aurais dû renoncer à ma mission.

— Mais tu ne voulais pas faire ça, ajouta-t-il.

— Non, dis-je avant de m'éclaircir la gorge.

— C'est à moi qu'ils avaient envoyé l'ordre de mission, supposa Von à juste titre.

— Tu partageais déjà des rêves, dis-je en haussant les épaules. Pas moi.

Son regard se posa sur Katie. Je la lâchai enfin. Elle me jeta un coup d'œil, mais elle se laissa mener à l'autre bout de la pièce par Lexi. Leurs voix étaient basses, mais c'est Lexi qui semblait faire l'essentiel de la conversation.

— Quand j'ai découvert que ta compagne s'était glissée dans ta navette, j'ai fait des démarches pour qu'elle soit télé-portée ici, mais vous étiez trop loin au cœur de la ceinture d'astéroïdes.

J'étais rassuré à l'idée que mon ami Chasseur ait prévu de protéger ma compagne en mon absence. Je hochai la tête.

— Merci pour ça. C'est une vraie tête de mule.

Je me passai la main sur la mâchoire, sentis ma barbe de trois jours, et me rappelai que j'avais passé un moment loin de la civilisation. Rogue 5, bien que peuplée, n'était *pas* civilisée.

— Si ç'avait été Lexi...

Von serra la mâchoire, et il regarda par-dessus son épaule en direction de sa compagne, comme pour s'assurer qu'elle était toujours dans les parages.

— Katie a été punie pour son audace, dis-je en me souvenant de la fessée que je lui avais donnée.

Voir les fesses de Katie se teinter de rouge vif m'avait fait du bien. Mais le fait de l'avoir sur mes genoux, en sécurité, était ce qui m'avait le plus rassuré. Elle avait appris qui commandait.

Mais alors que nous admirions tous les deux nos compagnes, je commençai à remettre cette leçon en question. Je ne doutais pas que Von était complètement sous le charme de Lexi. C'était comme une sorcière, une enchanteresse, qui aurait ensorcelé mon ami. En regardant Katie, je savais qu'elle était en sécurité, qu'elle avait aidé à me secourir des griffes d'Astra, et je réalisai que j'étais moi aussi sous le charme.

Cela ne voulait pas dire que je ne la punirais plus jamais. J'étais convaincu que ses fesses sentiraient bientôt la brûlure de ma paume, ou alors que je lui refuserais l'orgasme. À moins que je ne me serve des jouets anaux. Oh, je jouerais, oui, mais je laisserais peut-être l'un des plugs enfoncé dans son entrée serrée un peu plus longtemps que nécessaire pour lui rappeler ce qu'elle était. Ma compagne. Non, ma putain de Compagne Marquée.

Ma paume se mit à chauffer, et elle se tourna vers moi, ses yeux bleu foncé chaleureux alors que Lexi continuait de bavarder.

— Tu ne l'as pas encore revendiquée, dit Von en écarquillant les yeux et en croisant les bras.

— Je ne pouvais pas. Je risquais fort de ne pas revenir.

Il garda le silence en réfléchissant à ce que je venais de dire.

— Et maintenant ?

Je jetai un regard à Katie, puis à Von.

— J'arrête les Traques. Si tu parviens à arracher ta compagne à la mienne, je le ferai.

— Les trois d'un coup ?

Il était possible de revendiquer les trois virginités le même jour, mais cela faisait un peu beaucoup pour une compagne. Et les Chasseurs everiens étaient imposants. De partout.

— Seulement la revendication finale, répondis-je.

Mon sexe se mit à s'allonger d'impatience dans mon pantalon d'uniforme. Rien ne nous faisait plus barrage. Pas de Traque. Pas d'Hypérions. Seulement la distance entre la salle de téléportation et ma chambre. Les entailles sur ma peau avaient déjà été en grande partie soignées par mon endurance de Chasseur, les dons de mon espèce.

— Lexi, lança Von, sa voix forte dans la pièce caverneuse.

Elle se tut et regarda ma compagne.

— Tu pourras parler à Katie plus tard. Elle a besoin des attentions de son compagnon.

Lexi alterna les regards entre Katie et moi, puis un sourire coquin apparut sur son visage.

— Est-ce que tu m'accorderas le même genre d'attentions ? demanda-t-elle d'un air mutin.

Mes yeux étaient braqués sur Katie, sur ses longs cheveux qui lui tombaient sur les épaules, sur son uniforme moulant de la légion Styx. Je grognai. J'avais envie d'incinérer cette tenue. Je la voulais complètement nue.

Von me donna une tape sur l'épaule.

— Vas-y. Je vais m'occuper de l'impertinence de ma compagne.

J'entendis Lexi pousser un petit couinement de protestation, mais je ne lui prêtai pas attention. Katie fit un pas en arrière, puis un autre, les mains levées pour m'avertir.

— Ne me jette pas sur ton épaule, cette fois. Je suis parfaitement capable de marcher.

Je ne ralentis pas... trop. Je ne prêtai pas non plus attention à ses mots. Je me penchai en avant et la jetai sur mon épaule alors qu'elle poussait de petits cris aigus, et je continuai de marcher, la porte coulissante s'ouvrant silencieusement pour moi. Alors que j'empruntais le couloir, ma compagne continua de me traiter de tous les noms en me martelant le dos. Sans succès.

— Bryn !

Je lui donnai une claque sur les fesses en me dirigeant d'un pas vif vers les escaliers que je pris quatre à quatre. Les gens s'écartaient sur mon passage, reconnaissant des compagnons pleins de désir lorsqu'ils en avaient sous les yeux.

— Tu pourrais marcher, mais pour quoi faire ? répondis-je.

J'adorais la sentir dans mes bras, savoir qu'elle était en sécurité, et sur le point de se faire baiser comme il fallait. D'être revendiquée. De devenir *mienne*.

Une fois la porte de ma chambre refermée derrière nous et le verrou engagé, je soupirai et posai Katie sur ses pieds devant moi. Ses seins touchaient mon torse, mais je les sentais à peine à travers mon armure. J'allais régler ça.

— Le moment est venu, compagne, dis-je.

J'entendais le désir désespéré dans ma voix, et j'étais sûr que malgré l'armure, elle en sentait la vibration.

— Oh, que oui, répondit-elle.

Elle recula et leva les yeux vers moi.

— Tu me trouves brutal. Sauvage. Pour cette dernière revendication, je ne serai ni l'un ni l'autre. Je vais te montrer avec mes mains, ma bouche, ma queue, à quel point je te chéris.

— Oh, Bryn. J'adore quand tu es brutal avec moi.

J'avais eu beau la prendre par-derrière, elle était toujours timide avec moi. J'adorais son innocence, mais je savais qu'elle diminuerait quand je l'aurais revendiquée. Un petit prix à payer pour m'assurer qu'elle deviendrait mienne. Pour toujours.

— Alors tu aimeras encore plus ma douceur. Avant tout, débarrasse-toi de ces vêtements. Je ne veux plus jamais te voir en uniforme de Styx. La prochaine fois que je te laisserai porter des vêtements, ce sera ceux des compagnes everiennes.

Elle bredouilla :

— La prochaine fois que tu me laisseras en porter ?

Son ton donnait l'impression qu'elle n'aimait pas mes paroles autoritaires, mais elle souriait, et je sentais son plaisir face à ma possessivité. Je ne voulais pas la voir habillée avant plusieurs jours. Je la voulais nue, mouillée et implorante.

Elle avait traversé tant de choses sur Rogue 5, elle n'aurait sans doute pas plus envie de quitter cette pièce que moi.

— Et toi ? Est-ce que tu resteras nu jusqu'à ce que je t'autorise à te rhabiller ?

Je haussai un sourcil.

— Si ma compagne souhaite me voir nu, je ne lui refuserai pas ce plaisir.

Elle sourit.

— Ce plaisir ?

— Déshabille-toi, et tu verras.

Elle était vierge, mais c'était une vierge pleine de désir, et elle passa son tee-shirt au-dessus de sa tête. Chaque fois que je l'avais mise dans mon lit — ou qu'elle s'était glissée dans le mien —, cela avait été fantastique. Elle s'était montrée passionnée et généreuse, audacieuse et honnête dans ses désirs. Et à présent, elle était tout aussi passionnée.

Elle tourna sur elle-même, enleva son soutien-gorge, puis se dirigea vers le lit. Alors que je retirais mes bottes à l'aide de mes pieds, je regardai ses fesses onduler et admirai la courbe pâle de sa taille, impatient d'en voir plus.

Le rapide coup d'œil qu'elle jeta par-dessus son épaule et son petit sourire en coin me poussèrent à me presser.

— Ne touche pas à ce lit, dis-je en enlevant mon tee-shirt pare-balles. Je veux te donner un bain. Chasser chaque particule de Rogue 5 de ta peau. Ensuite, je vais t'embrasser et te lécher de la tête aux pieds.

Puis, je m'adressai à mon unité de communication :

— Baignoire remplie, température présélectionnée.

Le regard de Katie se fit ardent. Dès que mes vêtements se retrouvèrent en pile par terre, j'attendis. Elle n'avait pas encore enlevé sa culotte et son pantalon, car elle avait été occupée à me regarder. Le fait que ma compagne m'admire ne me dérangeait pas. Je l'admirais aussi, mais elle était beaucoup trop couverte.

— À poil, compagne, ou je te jetterai sur mon épaule et je t'enlèverai ton pantalon en chemin vers la baignoire.

Nous avions tous les deux besoin de nous débarrasser du sang et des odeurs de cet endroit. J'avais également envie de chasser la peur qui persistait dans ses yeux, de la remplacer par du plaisir. De l'excitation. De l'espoir.

Mes mots n'étaient pas une menace, mais elle décida de finir de se déshabiller toute seule. Ce fut à mon tour de savourer cette vision frustrante. Frustrante, car elle prenait beaucoup trop de temps. Oh, j'allais prendre mon temps pour la baiser, moi aussi, mais je la voulais toute nue… immédiatement.

Quand elle fut nue devant moi, elle me tendit une main. Patienta.

— Par les dieux. Tu es ravissante. Et mienne.

— Et tienne, confirma-t-elle.

Je m'approchai, la pris par la main et l'embrassai. Et je l'embrassai avec beaucoup de rigueur. Avec beaucoup de langue et de petits mordillements. Mon érection pressée contre son ventre ne devait lui laisser que peu de doutes quant à mon désir pour elle. Ses tétons étaient deux pointes dures contre mon torse, et je sus qu'elle mouillait pour moi. Je ne passai pas la main entre ses cuisses voluptueuses pour le découvrir. Si je commençais, nous ne prendrions jamais de bain.

Je voulais nous laver du temps que nous avions passé sur Rogue 5. L'embrasser et lui apporter un plaisir si délicieux qu'elle ne se souviendrait même plus de son propre nom, et encore moins de ce que nous avions enduré. Alors je pris son visage dans mes mains et l'embrassai, savourant le fait que nous avions tout notre temps pour achever notre revendication.

Enfin, je levai la tête et repris mon souffle. Ses lèvres étaient rouges et gonflées, brillantes. Toujours main dans la main avec elle, je la menai dans la salle de bain, et constatai que la baignoire avait été remplie selon mes ordres. De la vapeur s'élevait à la surface, et l'air était humide.

J'entrai dans la grande baignoire creusée dans le sol. Elle était assez large pour accueillir deux personnes, et assez profonde pour y noyer tous nos soucis. Et si des inquiétudes persistaient dans sa jolie petite tête, je m'assurerais de les en chasser avant de l'emmener dans mon lit.

Je l'aidai à pénétrer dans la baignoire, et au lieu de l'asseoir à côté de moi, je l'installai sur mes genoux. L'eau était parfaite. Pile à la bonne température pour que Katie ait chaud, mais pas trop, car ma large carrure faisait que je surchauffais vite.

La pointe de ses cheveux noirs flottait à la surface, et je remarquai que ses seins généreux aussi.

— C'est la première fois que tu ne me repousses pas après m'avoir eue dans tes bras, dit-elle d'une petite voix.

Le clapotis de l'eau qui résonnait contre les murs blancs et lisses était apaisant. Par les dieux, l'avoir dans mes bras m'emplissait d'une satisfaction plus forte que tout ce que j'avais pu connaître. Pour la première fois de ma vie, je n'aurais pas voulu me trouver ailleurs. J'étais complet. Entier. Sa présence m'avait apaisé sur Rogue 5, et continuait de le faire.

Je lui embrassai le sommet du crâne et poussai un soupir.

— Je ne voulais pas te repousser. Tu sais parfaitement pourquoi je t'évitais. Oui, c'était à cause de Garvos et des complications avec la légion Styx. Mais c'était aussi parce que tu étais trop tentante. Quand on est ensemble, on est comme un tir de pistolet à ions. C'est la passion. Le feu. Le désir fou.

— Et maintenant ?

Je pris un peu d'eau dans mes mains et la lui versai sur l'épaule, puis regardai les gouttelettes rouler sur sa peau pâle.

— Maintenant, je ne suis plus sur les nerfs. Je vais te revendiquer.

Je lui levai le visage, les doigts sous son menton.

— Tu ne resteras pas vierge très longtemps. Mais je compte prendre tout mon temps, compagne, t'explorer, te mener lentement vers les sommets et te regarder tomber. Et ensuite, je recommencerai.

— Tu es déjà dur, répondit-elle.

Je ne pus m'empêcher de bouger, de presser mon sexe contre ses hanches. Cette simple sensation rendit mes bourses douloureuses.

— Oui, c'est vrai, et c'est comme ça depuis qu'on a partagé nos rêves. Je crois que je banderai toujours quand tu seras à proximité.

Elle leva la main et me caressa la tête, ses doigts me mouillant les cheveux.

— Moi aussi, je te désirerai toujours.

Je frottai le nez contre le sien, puis l'embrassai. Sa langue rencontra la mienne, et l'excitation commença à monter. Je saisis le savon et la nettoyai de la tête aux pieds. Elle se mit debout devant moi, et je passai les mains sur sa chair mouillée, avant de la faire tourner face à moi et de lui lécher et lui laper les tétons. Ensuite, je la fis tourner et lui savonnai le dos, les fossettes situées juste au-dessus du bombé de ses fesses, et ensuite son derrière ferme.

Puis, je glissai les doigts entre ses jambes, m'assurant qu'elle était propre, mouillée et prête.

Ce n'est qu'à ce moment qu'elle se laissa retomber sur mes genoux. Avec précaution, je la penchai en arrière pour qu'elle flotte perpendiculairement à moi, permettant à ses cheveux de flotter et de tourbillonner autour de sa tête. Je les lavai, ses longueurs soyeuses accrochées à mes doigts.

— À ton tour, dit-elle, sa voix presque traînante à cause du désir et de la léthargie.

J'avais envie de la porter jusqu'à notre lit, mais si ma compagne voulait me toucher, je ne nous en priverais pas.

Je lui tendis le savon, et elle le prit dans sa petite main, avant de commencer à me laver le torse, puis de me savonner le reste du corps lorsque je me levai. Sauf mon sexe. Elle le garda pour la fin, et elle se montra très assidue. Ses paumes savonneuses glissaient le long de mon membre, me rendant plus dur, me contractant les bourses. Même la sensation de l'eau alors qu'elle me rinçait était douloureuse.

Je me tenais devant elle, et je lui caressai les cheveux, les lissai en arrière pour lui dégager le visage. Elle leva les yeux sous ses cils perlés d'eau.

— J'ai envie de te goûter à nouveau, admit-elle. Si je te suce, tu pourras quand même me revendiquer ?

Elle se lécha les lèvres et se pencha, mais je l'arrêtai en lui plaçant une main sous le menton.

— Tu as été parfaite, la dernière fois. Par les dieux, tu m'as fait jouir dans ta gorge comme si j'étais un gamin inexpérimenté.

Elle embrassa mon gland, et je poussai un soupir, dents serrées.

— Je ne savais pas ce que je faisais. Dis-moi ce que tu aimes.

— Tu veux que je t'apprenne à me sucer ?

Elle hocha la tête et passa la langue autour de mon gland.

— Je crois que je n'ai rien à t'apprendre, dis-je.

— Je veux te faire du bien.

Oui, je comprenais ce qu'elle ressentait. Nous avions beau être Compagnons Marqués, apprendre ce qui faisait gémir, soupirer et crier Katie était non seulement important, mais aussi un plaisir.

— Bon, d'accord. D'abord, prends mes bourses en main. Doucement. Oui, comme ça. Maintenant, lèche-moi comme tu viens de le faire. Encore. Par les dieux, je ne vais pas tenir.

Sa langue était trop adroite. J'étais sur le point de jouir, et j'avais encore à peine pénétré sa bouche.

— Ouvre la bouche. Plus grand. C'est bien. Tu peux me prendre plus profondément ?

Je restai immobile comme une statue, la laissant me prendre le plus profondément possible, au rythme qui lui convenait. J'avais envie de lui pénétrer sauvagement la gorge, sentir le canal serré alors qu'elle avalerait sa salive autour de mon gland, mais elle était novice. J'ignorais si elle risquait d'avoir des haut-le-cœur, et je voulais que l'expérience soit agréable pour elle, pas qu'elle voie cet acte comme un dev...

— Par les dieux ! m'écriai-je, ma voix résonnant contre les murs.

Non seulement elle m'avait pris profondément, mais la main qu'elle avait posée sur mes bourses s'était glissée vers l'arrière, sur la peau sensible qui se trouvait juste derrière. Lorsqu'elle avança encore le doigt et que je la sentis effleurer mon anus, je projetai le bassin vers l'avant. Je ne pus m'en empêcher. J'emplis immédiatement sa gorge, et elle pressa une main sur ma cuisse alors qu'elle reculait pour reprendre son souffle.

— Ça ne te plaît pas ? demanda-t-elle.

Elle fronçait légèrement les sourcils, et ses yeux bleus étaient assombris par le désir.

— Si j'aime ça ?

Je regardai mon membre, dur et palpitant, ainsi que la goutte de liquide pré-séminal qui se trouvait au bout. La petite main de Katie se trouvait toujours sur mes bourses, et son doigt, je le savais, devait se trouver non loin de mon anus.

— Recommence, dis-je.

Ce simple mot était un ordre claquant comme un fouet.

— Bien, Monsieur, dit-elle avec un sourire.

Je gémis, sans savoir si c'était à cause de sa soumission, de la façon dont elle m'avalait ou son doigt sur un bout de chair qui me donnait un plaisir que je n'avais pas soupçonné. Mais quand elle plongea le bout du doigt en moi et qu'elle se mit à bouger la tête d'avant en arrière sur mon sexe, tout en agitant la langue le long de ma veine épaisse, je connus une sensation inédite. Des décharges électriques me parcouraient l'échine. Ma peau était moite, pas avec l'eau du bain, mais avec ma sueur. J'avais des fourmis dans les doigts.

— Katie ! m'écriai-je lorsqu'elle trouva un endroit particulièrement sensible en moi.

J'avais cru que j'étais dur, mais mon sexe continua de s'allonger, de s'épaissir. Mes bourses remontèrent tant qu'il n'y avait plus de place pour ma semence. Elle jaillit en d'épais jets chauds. Ma compagne était prête, mon sexe profondément enfoncé dans sa bouche. J'avais les yeux fermés, la tête renversée en arrière, les poings serrés de chaque côté de mon corps. Elle avait littéralement aspiré mon sperme. Le plaisir était si intense que je ne vis qu'une lumière blanche. Mes jambes devinrent flageolantes, et je fus obligé de poser une hanche sur le bord de la baignoire.

Je n'arrivais pas à reprendre mon souffle, et quand j'ouvris les yeux, je vis des taches noires partout. Le sang me battait aux tempes, et j'étais complètement muet.

Katie avait déjà relâché mon sexe, mais elle retira précautionneusement son doigt de mon corps.

Enfin, après un très long moment, je rouvris les yeux et regardai ma compagne, très contente d'elle, qui souriait en se rinçant la bouche avec l'eau du bain, qui se renouvelait constamment.

— Où est-ce que tu as appris un truc pareil ? lui demandai-je.

Elle haussa les épaules. Au lieu de me répondre, elle demanda :

— Ça t'a plu ?

Une goutte de sperme se trouvait près de la commissure de ses lèvres. Je l'essuyai avec mon pouce. J'étais sur le poing de le rincer dans l'eau, lorsqu'elle m'attrapa par le poignet et lécha la gouttelette.

— Qu'est-ce que je vais bien pouvoir faire de toi ? dis-je en me glissant de nouveau dans l'eau.

Mes jambes ne me soutenaient plus. Elle me grimpa joyeusement sur les genoux, cette fois face à moi, une jambe de chaque côté de mon bassin.

— J'ai quelques idées, dit-elle.

— Tentatrice.

Je l'embrassai, me délectai de sa générosité, de sa curiosité, et surtout, de sa passion sans égale. C'est quand ses hanches se mirent à onduler, qu'elle se mit à se tortiller sur mes genoux, que je sus qu'elle en voulait plus.

Je la soulevai hors de l'eau et l'assis au bord de la baignoire creusée.

— Penche-toi en arrière.

Elle m'observa un moment, puis s'installa de façon à ce que son dos se retrouve par terre, son bassin juste au bord de la baignoire. Je lui soulevai une jambe, puis l'autre, et les écartai. Plus grand, et encore plus grand, jusqu'à ce qu'elle soit ouverte pour moi. Depuis ma position, agenouillé, j'avais une vue parfaite sur son sexe et le reste de son corps dégoulinant. Ses tétons durcirent sous mes yeux.

— À ton tour, dis-je.

Je me mis en position, les avant-bras sur ses cuisses pour les garder écartées. Je me régalai. J'eus une nouvelle érection, et je sentis mes bourses redevenir douloureuses. Une fois ne m'avait pas suffi. J'avais assez de sperme pour elle. Mon anus, qu'elle avait pénétré, me picotait toujours, le plaisir qui s'y attardait me donnant envie de plus.

Je passai la langue sur sa chair mouillée, tout en admirant son corps, ses yeux bleus qui m'observaient. Cela m'encouragea, et j'insérai un doigt dans son sexe mouillé et impatient, conscient que mon membre s'y trouverait bientôt. Mais d'abord, je devais la faire jouir. Tout de suite.

Elle était à moi, tout comme elle m'avait prouvé que j'étais complètement, totalement à elle.

— Je crois bien que tu m'as mis un doigt dans le cul ? dis-je en sortant mon doigt trempé de son intimité avant de jouer avec sa voie secrète. Tu vas jouir, compagne. Et ensuite, je te porterai dans mon lit, pour te revendiquer. Corps et âme.

———

Katie

Je ne réalisai même pas que Bryn m'avait soulevée du bord de la baignoire avant de sentir les draps doux sous mon dos. Il m'avait déjà fait jouir avec sa bouche et ses doigts, mais jamais comme ça. Pas au point de presque me faire perdre connaissance pendant quelques secondes. Oui, il m'avait pénétrée par-derrière et m'avait fait jouir. Lorsqu'il m'avait sodomisée, j'avais joui aussi. Mais avoir un doigt dans mon vagin *et* entre mes fesses pendant que sa langue accomplissait des miracles sur mon clitoris m'avait achevée. Enfin, presque.

Car quand il pressa son corps contre le mien et qu'il m'embrassa, me faisant goûter mon désir sur sa langue, je sus que j'en voulais encore. Bryn aussi émettait peut-être un venin. Il n'avait pas besoin de me mordre pour me rendre folle de désir. Il se pencha sur moi, tout son poids sur ses avant-bras, ses mains sur les miennes, nos doigts entremêlés.

Nos marques l'une sur l'autre.

— Katie, je vais te le demander une dernière fois, dit-il.

Sa voix était différente, et j'ouvris les yeux pour les plonger dans les siens, plus sombres. J'y vis tellement de choses. J'y vis tout. Il n'était plus sur ses gardes.

— Acceptes-tu de me prendre comme compagnon marqué, de me laisser te revendiquer, t'aimer, corps et âme, pour toujours ?

L'on aurait dit des vœux, comme ceux prononcés avant de se dire « oui » lors des mariages terriens. Mais il n'y avait pas de bague, pas de pasteur, pas même un maire. Nos marques étaient tout ce qu'il nous fallait. Il n'y avait personne pour s'y opposer. Mais les vœux ne suffisaient pas. Il fallait des actes, et ses mots avaient beau me donner les larmes aux yeux, c'était la sensation de son membre épais dans mon entrée vierge qui nous lierait à jamais.

— Oui. Tu es mon compagnon, dis-je en levant les

hanches et en le laissant se glisser en moi de quelques centimètres, haletante. Tu es mien, Bryn. Revendique-moi.

Il me regarda encore une seconde, comme s'il analysait mes mots. Mon ton, mon expression, mes doigts autour des siens. Même l'inclinaison de mes hanches.

Il ne dit rien de plus, se contenta de lever le bassin et de plonger profondément en moi. Il savait que j'étais prête. Mouillée, gonflée et impatiente. Il avait senti mes parois internes se contracter autour de son doigt, avait goûté à mon excitation abondante.

Je poussai un halètement et cambrai le dos face à son invasion. Mes tissus sensibles s'étiraient et palpitaient autour de lui pour tenter de s'y ajuster. Il avait pris de la place dans ma bouche, et je constatais de nouveau à quel point il était bien doté. Il resta immobile, retenant même son souffle.

Dans l'attente.

Je hochai la tête et croisai son regard insondable.

— Encore.

Il se retira et je haletai, la friction était exquise. J'adorais sentir son poids, sentir le matelas s'enfoncer dans mon dos, les poils de son torse me chatouiller les tétons, ses hanches se presser contre les miennes.

Il s'enfonça profondément en m'observant. Dedans. Dehors. Il me regarda haleter, me cambrer contre lui, coincer mes chevilles autour de sa taille.

— Encore, soufflai-je à nouveau.

— On jouira ensemble, cette fois, susurra-t-il.

Il glissa le nez le long de mon cou, puis m'embrassa, pile sur la zone que Styx avait failli mordre.

— Oui, dis-je.

Était-ce cela que j'avais raté toute ma vie ? Cette chaleur, cette connexion ? Cet amour ? C'était trop fort.

— Bryn, oh... Bryn.

C'est son nom que je prononçais alors qu'il me poussait vers l'orgasme. C'est son corps que je sentais me caresser afin que je jouisse. C'est sa voix et les encouragements qu'il me murmurait à l'oreille qui me faisaient réaliser à quel point il était gentil. Tendre.

J'aimais quand il était sauvage et brutal. Mais j'aimais ça aussi.

Ma marque se mit à me brûler alors que les mouvements de Bryn se faisaient plus saccadés, qu'il se perdait en moi, en nous. Il nous mena tous les deux vers le précipice, et quand je le sentis gonfler en moi, je sus qu'il allait jouir.

Mais ce n'est que quand il cria « A moi ! » que je me laissai aller avec lui.

Je baignais dans un plaisir délicieux, la douleur dans ma paume transformée en un désir exquis qui se déversait en moi, alors que nous ne devenions qu'un.

Soudain, ma marque se tut. Elle n'était plus douloureuse. Rien n'était douloureux. Alors que Bryn s'allongeait sur moi, reprenant son souffle, nos peaux collées l'une à l'autre par notre sueur, je sus que c'était fait.

Nous étions accouplés. Il était mien, et j'étais sienne. Il n'y avait plus de retour en arrière possible. Pas de possibilité d'appartenir à Lame et à Styx. Pas de possibilité de retourner sur Terre. J'étais pile là où je voulais être. Sous mon compagnon. En sécurité. Heureuse.

Chez moi.

ÉPILOGUE

atie

Ce n'est que le lendemain que Bryn déverrouilla la porte de sa chambre. Fidèle à ce qu'il avait promis, je restai nue durant tout ce temps, jusqu'à ce qu'il m'autorise à porter la robe appropriée des compagnes everiennes. Oui, qu'il m'y *autorise*. Je n'avais pas pris la peine de protester. Pourquoi l'aurais-je fait ? J'étais sa compagne, et j'en étais fière. J'étais contente d'être débarrassée de l'uniforme de Styx, et même de l'armure de la Coalition. J'appartenais à Bryn, et je portais sa possessivité avec honneur.

Sous mes vêtements, je portais également des signes plus intimes de sa possession. Un suçon sur mon sein droit, une brûlure de barbe sur l'intérieur de mes cuisses, et une légère douleur après la revendication de ma dernière virginité. Il m'avait bien baisée, pas une fois, mais deux, avant de refuser de pénétrer à nouveau mon vagin tant que je ne serais pas complètement rétablie.

Cela ne signifiait pas qu'il avait arrêté de me toucher.

Non, cela voulait simplement dire qu'il s'était montré plus créatif.

Il m'avait accompagnée au rez-de-chaussée jusqu'à la caféteria — des employés déménageraient nos affaires vers un appartement commun temporaire durant le temps pendant lequel nous resterions sur la Pierre Angulaire —, m'avait embrassée, et m'avait laissée avec Lexi et Dani avant d'aller parler à Von et d'autres Chasseurs.

Dani me serra dans ses bras avec force, et je compris que Lexi lui avait raconté ce qui s'était passé.

— Tu vas bien ? me demanda Dani.

Ses yeux brillaient d'inquiétude. Elle était toute petite, comme une danseuse étoile minuscule, mais je savais qu'elle avait le cœur d'un lion dans son corps menu. Je la serrai contre moi.

Lexi sourit et dit :

— Elle va bien, mais elle doit être pleine de courbatures. Et pas à cause de son séjour sur Rogue 5, mais à cause de Bryn.

Je lâchai Dani et levai les yeux au ciel, débordante de bonheur. Mais cette sensation me quitta lorsque Dani laissa retomber ses bras. Elle semblait... triste. Là où Lexi était toute en courbes, Dani était petite et fine, comme une ballerine. La robe qu'elle portait drapait sa silhouette élégante d'une façon qui me donnait l'impression d'être un géant maladroit. Je me sentais plus à l'aise avec un pistolet à ions à la cuisse que dans la tenue pleine de fanfreluches que Bryn voulait que je porte.

Mais quand il me regardait, son regard était torride. J'aurais porté n'importe quoi si cela provoquait ce genre de réaction chez lui.

— J'ai été revendiquée, oui. Comme toi, dis-je à Lexi, qui rougit.

Nous regardâmes toutes les deux Dani, en espérant

qu'elle nous dise que son compagnon était enfin là. Notre joie rayonnante était comme le soleil projetant son ombre sur elle. Le contraste entre nous trois était encore plus marqué qu'avant. Ses yeux étaient dépourvus de joie. D'espoir. Lorsque je l'avais quitté quelques jours plus tôt, elle était triste, mais ne baissait pas les bras. À présent ? Ses yeux étaient comme morts. Je connaissais ce sentiment. Je ne le connaissais que trop bien.

— Tu n'as pas partagé de rêves ? lui demandai-je en la prenant par la main.

Nous nous étions rencontrées au centre de test du Programme des Épouses Interstellaires sur Terre. Dani et Lexi étaient mes premières vraies amies. De toute ma vie. Nous avions eu l'espoir de trouver des compagnons, des hommes honorables qui nous aimeraient et que nous aimerions en retour. Je savais que Lexi avait trouvé Von, et après de terribles épreuves, Bryn et moi possédions également un lien fort.

Mais Dani ? Il était évident que ce n'était pas son cas.

Elle hocha la tête.

— Si. Mais...

— Quoi ? dit Lexi en se mettant sur la pointe des pieds, contenant à peine son envie de sautiller.

Ses cheveux bruns s'agitèrent dans tous les sens alors qu'elle poussait Dani à tout nous raconter. En détail. Sur Terre, alors que nous étions stressées et terrifiées, nous nous étions promis de nous confier sans aucune retenue.

— Des détails, Dani. Des détails. Tu as promis.

— Oui, plusieurs fois, dit Dani d'une voix démoralisée. Je l'ai vu, mais il m'a dit de l'oublier, de trouver quelqu'un d'autre. Et maintenant ? Il n'est plus là.

— Plus où ? Sur la Pierre Angulaire ?

— Oui. Ou sur Feris 5. Ou dans n'importe quel endroit assez proche pour que nos esprits se touchent. Il avait peur.

Quelque chose était en train de lui arriver. Il a tenté de me bloquer l'accès, mais je suis obstinée.

Je lui passai un bras autour de l'épaule.

— Oui, ça, c'est sûr. Ce qui signifie que tu ne peux pas baisser les bras.

Elle secoua la tête, et ses cheveux blonds lui glissèrent sur le visage pour cacher son expression.

— Il lui est arrivé quelque chose. J'en suis sûre. Quelque chose de grave.

Je fronçai les sourcils.

— Comment peux-tu en être aussi convaincue ?

Dani leva les yeux au ciel.

— Parce que notre rêve... Il n'était pas coquin comme ce que Lexi m'a raconté. Il n'y avait pas de sexe, pas de baisers. Il faisait sombre. Il souffrait. Il essayait tout le temps de me chasser de son esprit.

Eh merde. Comme quand cette garce d'Astra avait capturé Bryn et que j'avais été dans sa tête. Je réfléchis. Devrais-je le dire à Dani, ou le garder pour moi ? Je devrais peut-être en parler à Bryn d'abord, voir si lui et Von pouvaient faire quelque chose avant d'inquiéter Dani davantage.

Lexi leva les yeux vers moi, et nous partageâmes un moment de compréhension. Manifestement, elle pensait à la même chose que moi, car elle regarda nos compagnons par-dessus son épaule. Ils parlaient à voix basse en nous regardant, comme s'ils craignaient que nous disparaissions. Ou comme s'ils étaient bien trop protecteurs. Peut-être les deux.

Oui, Bryn accepterait d'aider Dani. Von aussi. C'étaient des Chasseurs. Ils seraient sans doute en mesure de retrouver le compagnon de mon amie.

— Ça n'a pas l'air normal, dis-je.

Je pris Dani par la main et la menai vers une table

d'angle, où les couverts se trouvaient déjà. Des serveurs viendraient ensuite nous servir à manger.

— Des détails, copine. Raconte-nous tout.

Dani prit une profonde inspiration et nous parla de son compagnon. De l'endroit où il était détenu. De la cage. Des chaînes. Des gens étranges qui entraient et sortaient de sa cellule pour lui apporter à manger, des médicaments, ou pour le torturer. Elle n'y comprenait rien. Et dès qu'il réalisait qu'elle était dans sa tête, il l'en chassait. Pour la protéger.

— La vache, dit Lexi, vidée de tout son enthousiasme. Qu'est-ce que tu vas faire ?

Dani se leva et se frotta la paume comme si elle lui faisait mal, puis leva le menton.

— Je vais aller le chercher.

— Quoi ? dis-je en me levant à mon tour. Non, c'est dangereux. Tu ne sais pas ce qui se passe. Tu ne sais pas où il est. Qui le détient. Si les risques sont élevés. Rien du tout.

Elle plissa les yeux, et je vis de la détermination et une pointe de colère dans son regard.

— Ce n'est pas toi qui t'es faufilé dans une navette à destination d'Hypérion, la planète la plus mal famée de toute la Coalition ? Sans arme. Sans plan. Vers le danger ?

Je restai bouche bée.

— C'était différent, contrai-je.

Elle avait raison. Je ne pouvais pas lui reprocher de faire quelque chose de dangereux alors que j'avais fait la même chose. Mais moi, c'était... eh bien, c'était moi. Elle, c'était Danielle. Une petite princesse. Toute menue, jolie et vulnérable.

— Non, Katie. C'était encore pire. Moi, je serai sur Everis. La planète est en paix. Ses habitants ne sont pas dangereux.

— Certains, si. Tu as entendu parler de Garvos.

— Il est mort. Et mon compagnon l'est peut-être, lui aussi. Il faut que je sache. J'ai fait tout ce chemin, j'ai partagé des rêves avec lui, tout ça pour le perdre ? Non. Je ne suis pas d'accord. Je veux tout avoir. Je veux la même chose que vous deux.

Je jetai un regard à Lexi. Elle avait gardé le silence durant tout notre échange. Elle hocha la tête.

— C'est aussi ce qu'on te souhaite, dit-elle à Dani. Racontons tout à Von et Bryn. Ils nous aideront à le trouver.

Dani nous regarda tout à tour, puis tourna les yeux vers nos compagnons.

— Ils sont grands. Ce sont des Chasseurs d'Élite. Ils sont comme des membres de la famille royale, sur cette planète. De vraies rock stars. Ils attireraient trop l'attention.

Je lui passai les mains autour des épaules et la secouai doucement, l'obligeant à quitter nos compagnons des yeux et à nous regarder nous, ses amies.

— Ils te garderont en sécurité. Ils tueront pour te protéger, pour protéger ton compagnon. Tu as besoin d'eux. Laisse-les t'aider.

Elle plissa les yeux et nous regarda durant de longues secondes avant de cligner lentement des paupières et de se détendre dans mes bras.

— Bon, d'accord. Racontez-leur tout. Et dites-leur de me retrouver ici dans trois heures. S'ils ne sont pas là, je partirai sans eux.

Je ne l'avais jamais vue aussi catégorique. Aussi sûre d'elle.

— Tu seras prudente ? lui demandai-je.

Elle hocha la tête.

— Oui. Mais je partirai avec eux. Il faut que je prenne des affaires et que je me prépare. Dites à vos compagnons de ne pas essayer de m'en empêcher.

Elle me serra dans ses bras, puis enlaça Lexi, avant de

tourner les talons et de nous laisser derrière elle, à la regarder partir.

Nous restâmes tournées en direction de la porte par laquelle elle venait de sortir durant une minute, puis nous nous regardâmes.

— Pourquoi est-ce que j'ai l'impression qu'elle commet une terrible erreur ? dis-je.

Lexi me prit par le bras et me mena vers nos compagnons.

— Tu pensais faire une erreur en suivant Bryn ?

Je regardai mon compagnon, le vis regarder notre approche.

— Non, répondis-je.

— Alors on devrait la laisser partir.

Quand Bryn me tendit une main, je la pris. Paume contre paume. Marque contre marque.

Une vague de chaleur passa entre nous, mais plus à cause de la marque. Non, c'était parce que j'étais amoureuse de mon compagnon. Que je le désirais. Que j'avais besoin de lui.

Lexi et moi leur racontâmes les détails de la situation de Dani. Ils avaient l'air grave. Surtout Von.

— Elle aurait dû m'en avertir immédiatement. La protection de toutes les Épouses Interstellaires de la Pierre Angulaire est de mon ressort.

Lexi leva le menton d'un air de défi.

— Écoute, c'était son secret, à elle de décider quand le révéler. Tu es au courant, maintenant. Elle a besoin d'aide, pas d'une leçon de morale.

— Elle a besoin que son compagnon lui donne une bonne fessée pour la punir de prendre de tels risques, intervint Bryn.

À ses mots, des souvenirs se succédèrent dans mon

esprit. Je me mis à mouiller. Je le vis plisser les yeux, serrer la mâchoire.

— Tu as besoin de quelque chose, compagne ? me demanda-t-il.

Je fis un pas en arrière et lui lâchai la main. Il s'avança vers moi. Je continuai de reculer vers la sortie de la pièce. Oui, j'avais besoin de quelque chose. Du membre de Bryn. Profondément enfoncé en moi. Mais je ne le dis pas à voix haute. Il avait dû lire le désir dans mes yeux.

Il sourit et fit un grand pas vers moi.

— Et pour Dani ? demandai-je.

Il jeta un regard à Von par-dessus son épaule.

— J'ai besoin d'une heure avec ma compagne. Puis, on rassemblera les autres et on organisera la Traque.

Von hocha la tête et prit une Lexi résistante dans ses bras, ses arguments noyés dans un baiser. Apparemment, elle n'avait pas l'intention de perdre ces soixante prochaines minutes à parlementer alors qu'elle avait des options bien plus... agréables.

Bryn se tourna vers moi, et plia légèrement les jambes, les bras tendus. Je poussai un petit cri et reculai d'un pas. De deux pas. Prête à m'élancer pour m'amuser à me faire poursuivre.

— Viens là, compagne.

— Oh non ! Je peux marcher. Tu n'es pas obligé de me porter.

Je fis encore trois pas avant qu'il m'attrape par la taille et me jette sur son épaule. Cette fois, nous riions tous les deux lorsqu'il me porta hors de la pièce.

— Il faut t'y faire, compagne. Tu es à moi. Je te prendrai comme je l'entends.

Je posai les mains sur le creux de ses reins, sentis la contraction de ses muscles. Lui donnai une tape sur les fesses.

— Promis ? demandai-je.

Il me donna une tape sur les fesses à son tour, et me maintint avec plus de force.

— Promis.

Alors, je me laissai faire, le laissai me porter où il le voulait. Parce que si j'étais sienne... il était *mien*.

Et plus tard, quand il revint me voir et m'apprit que Dani avait disparu, je ne fus pas surprise. Elle nous avait tous bien eus. Nous avait menti. Elle s'en était allée immédiatement, s'était volatilisée.

Les Chasseurs n'arrivaient pas à comprendre comment elle avait réussi à le faire. C'était la seule chose qui me laissait espérer qu'elle saurait se débrouiller.

Échapper au regard vigilant des Chasseurs était presque impossible. Réussir à se faufiler hors d'un bâtiment plein à craquer de Chasseur était presque miraculeux.

J'étais pleine d'espoir. Inquiète. Effrayée pour mon amie.

Mais quand Bryn me prit dans ses bras, me serra contre lui, me fit ressentir la douleur de mon trop-plein d'amour pour lui, je sus qu'il fallait que Dani trouve sa propre destinée... tout comme j'avais trouvé la mienne.

CONTENU SUPPLÉMENTAIRE

Pas d'inquiétude, les héros de la Programme des Épouses Interstellaires reviennent bientôt ! Et devinez quoi ? Voici un petit bonus rien que pour vous. Inscrivez-vous à ma liste de diffusion; un bonus spécial réservé à mes abonnés pour chaque livre de la série Programme des Épouses Interstellaires vous attend. En vous inscrivant, vous serez aussi informée dès la sortie de mes prochains romans (et vous recevrez un livre en cadeau... waouh !)

Comme toujours... merci d'apprécier mes livres.

http://gracegoodwin.com/bulletin-francais/

LE TEST DES MARIÉES

PROGRAMME DES ÉPOUSES INTERSTELLAIRES

VOTRE compagnon n'est pas loin. Faites le test aujourd'hui et découvrez votre partenaire idéal. Êtes-vous prête pour un (ou deux) compagnons extraterrestres sexy ?

PARTICIPEZ DÈS MAINTENANT !

programmedesepousesinterstellaires.com

BULLETIN FRANÇAISE

REJOIGNEZ MA LISTE DE CONTACTS POUR ÊTRE DANS LES
PREMIERS A CONNAÎTRE LES NOUVELLES SORTIES, OBTENIR
DES TARIFS PREFERENTIELS ET DES EXTRAITS

http://gracegoodwin.com/bulletin-francais/

OUVRAGES DE GRACE GOODWIN

ALSO BY GRACE GOODWIN

Ascension Saga, book 8

Ascension Saga, book 9

Destiny: Ascension Saga - Volume 3

Other Books

Their Conquered Bride

Wild Wolf Claiming: A Howl's Romance

CONTACTER GRACE GOODWIN

Vous pouvez contacter Grace Goodwin via son site internet, sa page Facebook, son compte Twitter, et son profil Goodreads via les liens suivants :

Abonnez-vous à ma liste de lecteurs VIP français ici :
bit.ly/GraceGoodwinFrance

Web :
https://gracegoodwin.com

Facebook :
https://www.visagebook.com/profile.php?
id=100011365683986

Twitter :
https://twitter.com/luvgracegoodwin

Goodreads :
https://www.goodreads.com/author/show/
15037285.Grace_Goodwin

Vous souhaitez rejoindre mon Équipe de Science-Fiction pas si secrète que ça ? Des extraits, des premières de couverture et un aperçu du contenu en avant-première. Rejoignez le groupe Facebook et partagez des photos et des infos sympas (en anglais). INSCRIVEZ-VOUS ici :
http://bit.ly/SciFiSquad

À PROPOS DE GRACE

Grace Goodwin est journaliste à USA Today, mais c'est aussi une auteure de science fiction et de romance paranormale reconnue mondialement, avec plus d'un MILLION de livres vendus. Les livres de Grace sont disponibles dans le monde entier dans de nombreuses langues en ebook, en livre relié ou encore sur les applications de lecture. Ce sont deux meilleures amies, l'une qui utilise la partie gauche de son cerveau et l'autre qui utilise la partie droite, qui constituent le duo d'écriture récompensé qu'est Grace Goodwin. Toutes les deux mamans, elles adorent faire des escape games, lire énormément, et défendre vaillamment leurs boissons chaudes préférées. (Apparemment, elles se disputent tous les jours pour savoir ce qui est le meilleur : le thé ou le café?) Grace adore recevoir des commentaires de ses lecteurs.

CPSIA information can be obtained
at www.ICGtesting.com
Printed in the USA
BVHW040614101121
621214BV00017B/341